CLODER RIVAS MARTOS

Ilustrações

MARCELO MARTINS

MATARAM nosso ZAGUEIRO

1ª edição
1ª tiragem
2025

Conforme a nova ortografia

Editora Saraiva

Editor: ROGÉRIO GASTALDO
Assistente editorial: ELAINE CRISTINA DEL NERO
Secretária editorial: ROSILAINE REIS DA SILVA
Suplemento de trabalho: MÁRCIA GARCIA
Coordenação de revisão: LIVIA MARIA GIORGIO
Gerência de arte: NAIR DE MEDEIROS BARBOSA
Supervisão de arte: VAGNER CASTRO DOS SANTOS
Finalização de capa: ANTONIO ROBERTO BRESSAN
Projeto gráfico: ROSANGELA CESAR DE LIMA
Diagramação: LUIZ ZAMPIERI
Finalização: ROBSON LUIZ MEREU
Produtor gráfico: ROGÉRIO STRELCIUC

Impressão e acabamento
Log&Print Gráfica, Dados Variáveis e Logística S.A.
OP:286641

Dados Internacionais de Catalogação na Publicação (CIP)
(Câmara Brasileira do Livro, SP, Brasil)

Martos, Cloder Rivas, 1942-
Mataram nosso zagueiro / Cloder Rivas Martos ; ilustrações Marcelo Martins. — São Paulo : Saraiva, 2002. — (Jabuti)

ISBN 978-85-02-03912-4
ISBN 978-85-02-03913-1 (professor)

1. Literatura infantojuvenil I. Martins, Marcelo. II. Título. III. Série.

02-1819 CDD-028.5

Índices para catálogo sistemático:

1. Literatura infantojuvenil 028.5
2. Literatura juvenil 028.5

Editora Saraiva

Rua Henrique Schaumann, 270 — Pinheiros
CEP 05413-010 — São Paulo — SP

SAC
0800-0117875
De 2ª a 6ª, das 8h30 às 19h30
www.editorasaraiva.com.br/contato

201912.001.006

Ao Caio Rivas e ao Cássio Fidelis
porque eles têm treze anos.

Embora seja inútil, pois ninguém acredita, lembro que esta história é produto da imaginação do autor. Qualquer semelhança com a realidade será mera coincidência.

Outro fator que não pode ser esquecido é que por acaso, nesta obra, foram citados os times do Corinthians e do Palmeiras, mas poderia ser qualquer outro. Fatos como os aqui apresentados têm ocorrido com as torcidas dos mais diversos times. Na verdade, o objetivo é discutir a questão da violência relacionada aos jogos de futebol, num sentido mais restrito, e da violência em geral, assunto tão em voga atualmente.

Não importa qual a cor da camisa que se use, todos têm o direito de escolher o time do coração. Importante é haver liberdade de escolha e, sobretudo, respeito pelo próximo.

AGRADECIMENTOS

Colaboraram com o autor na pesquisa deste livro:

Antônio Lancetti;

Milton Consani;

Associação Atlética Ponte Preta, especialmente o assessor de imprensa;

Alexandre Emiliano Bueno;

Odair Marcucci;

Antônio Carlos Fumeiro;

Sheine Rivas;

Eduardo Alberto Rivas;

O jogador Robertinho;

Dinei Ruiz;

Francisco Brandão;

E especialmente Sirlene Alves Rivas, que transformou o manuscrito em um arquivo editável.

PARTE I

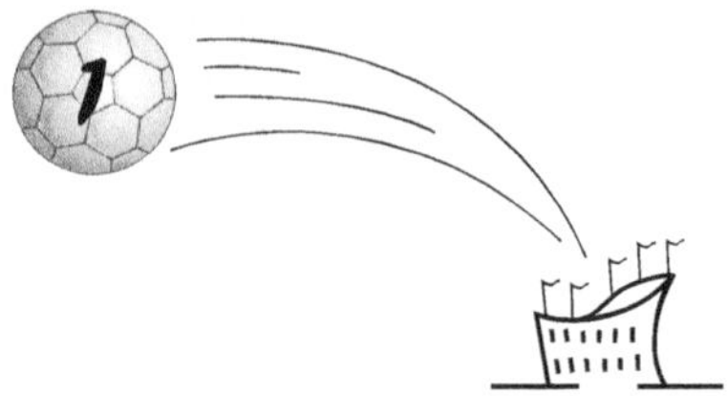

"Não vá para o Corinthians. Seu túmulo será lá."

— Então, Juça, recebi essa correspondência eletrônica várias vezes, lá em Belo Horizonte.

— Antes de assinar contrato? — perguntou Lígia.

— Logo que os jornais anunciaram a transação.

— Identificaram o emissor?

— Não, Juça, foi impossível. Então, chegando em São Paulo, fui a um programa esportivo e lá me mandaram o mesmo recado: "O Corinthians será o seu túmulo."

— Seu Bruno, pode ser uma metáfora.

Ele olhou para a moça sem entender, mas a achou bonita. Era alta, magra, de pele morena. Um mulherão!

Pela expressão do jogador, Lígia percebeu que ele não entendera e acrescentou:

— Uma comparação, algo assim como "no Corinthians seu futebol desaparecerá"...

— É possível, mas já recebi dois telefonemas com a mesma ameaça. Sinceramente estou preocupado.

— Certo, Bruno, e então...

— Então, quero que vocês me protejam. O clube tem um esquema de segurança, mas eu confio em você, Juça, meu amigo de infância.

— Imagine, Lígia, o Bruno e eu jogamos juntos no Estrelinha, lá em Belo Horizonte.

— E fomos juntos treinar no Cruzeiro.

— E também no Atlético, no América, no Democrata... mas o Bruno ficou no Cruzeiro como juvenil e hoje está no Corinthians.

— E você, Juça, joga contra o crime na Polícia Federal. E então, você me ajudará? Pago um bom bicho... e as despesas.

— Costumo trabalhar com a Lígia.

O jogador observou mais uma vez a moça, uma bela morena de cabelos curtos e corpo benfeito. Pensou que seria um prazer andar com ela e respondeu:

— Sem problemas, amigão, contrato a dupla e pago dez mil.

— Para fazer sua segurança?

— Não, Lígia, quero que vocês descubram o autor das ameaças... Não imagino quem seja. Talvez um maluco. O futebol desperta grandes paixões.

Lígia sentiu que o zagueiro estava assustado. Era um negro alto, cabelo cortado rente e ocupava quase metade do espaço do banco da perua estacionada no Parque São Jorge, sede do Sport Club Corinthians Paulista. Lígia já vira pela televisão Bruno enfrentar uruguaios, argentinos, paraguaios, palmeirenses e flamenguistas, sem imaginar que um homenzarrão daqueles tivesse medo, ainda mais de uma simples frase: "O Corinthians será o seu túmulo".

— Bruno, meu amigo, nós vamos investigar o caso. Enquanto isso, não vacile, ande com seguranças e evite lugares e situações perigosas. Não acredito em ameaças, mas Lígia e eu vamos trabalhar.

— Obrigado.

— Bruno, quais são seus possíveis inimigos?

— Mas eu não tenho inimigos...

— Todo mundo tem, principalmente uma pessoa como você, jogador famoso, rico, bonito, assediado por mulheres. Algum maluco encarnou em você.

— Será?

A inteligência de Lígia incomodava Juscelino. Muitas vezes se perguntava: "Por que não pensei nisso antes?". Lígia olhava com evidente simpatia para Bruno e havia mel na voz dela. Sentiu ciúme daquela voz, que continuava...

— Você roubou a namorada de alguém?

— Só tomei emprestada, mas devolvi em bom estado — respondeu o jogador rindo. — Mas foi em Belo Horizonte.

Um pouco irritado com o clima da conversa, Juça entrou firme:

— Você quebrou a perna de alguém?

— Você não lembra, Juça? O Freitas, do América, um meia bom pra daná.

— Ele voltou a jogar?

— Infelizmente, não. Vive em Belo Horizonte e trabalha como segurança de banco.

— Ele deve adorar você.

— É... Vamos tomar alguma coisa — convidou o jogador.

Desceram do imenso utilitário preto do jogador e se encaminharam até a lanchonete. Eram quatro horas da tarde e muita gente circulava pelo Parque São Jorge. O treino do vôlei juvenil terminara e um grupo de atletas adolescentes conversava na porta do ginásio. Por uma alameda, sob as árvores, passavam mães e crianças vindas das piscinas, e duas equipes de futebol completas com coletes amarelos e vermelhos voltavam do treino no campo de terra carregando redes e bolas. Os meninos pareciam exaustos, cobertos de poeira, depois de jogarem, ao sol, a tarde inteira.

— Lembra, Juça, que saudade! Exatamente como a gente era.

Os meninos reconheceram o zagueiro Bruno Mendes, recentemente contratado pelo Corinthians. Lá estava ele conversando com uma morena bonita e um outro negrão tão alto e forte como ele. Um deles, de nome Bruno Silva, pensou num suspiro: "Um dia vou ser como esse cara, jogar no Timão, nadar em dinheiro e namorar uma morena assim ou uma loira de cabelo comprido".

Na lanchonete, enquanto tomavam um suco, Lígia anotou na agenda nomes e endereços em Belo Horizonte e São Paulo, prometendo ao craque sigilo e discrição.

Bruno assinou um cheque para as "primeiras despesas" e

despediu-se. Precisava fazer fisioterapia no departamento médico. Lá estaria seguro, depois iria para casa bem escoltado.

Os dois policiais federais saíram do Parque São Jorge e entraram no carro estacionado na lateral da avenida marginal do Tietê.

— Então, Juça, você quis ser jogador de futebol?

— Como boa parte dos meninos do Brasil.

— E por que você desistiu?

— É um caminho muito difícil, Lígia, e eu não jogava tanta bola assim. O Bruno sempre foi mais craque.

— E então escolheu a polícia?

— Você quer saber? Meu pai era da Polícia Militar, aposentou-se como sargento. Para mim, a Polícia Federal era melhor que a P.M.

— Foi um jeito de superar seu pai.

— Você devia ser psicóloga... E você, por que escolheu a nossa profissão?

— Juça, você conhece a minha mãe. Dona Cida tem medo da própria sombra e por isso levou uma vida miserável. Aos quatorze anos foi trabalhar em uma tecelagem e se aposentou aos quarenta e nove, ganhando uma miséria. Minha mãe não conheceu o mundo, viveu presa durante trinta anos em uma fábrica. Não nasci para esse tipo de vida. Pensei que a Polícia Federal fosse mais emocionante. Acabei em Cumbica carimbando passaportes. Por isso adoro quando aparece um "bico" como este. Estes trabalhos abrem janelas para o mundo da aventura.

— Sei, sei, mas voltando ao trabalho...

— O seu amigo está muito apavorado por tão pouco.

— Será, Lígia, que ele não sabe mais do que contou?

— Claro, Juça, todos temos nossos segredos. A história dele não me convenceu. Ele está apavorado com uma frase: "O Corinthians será o seu túmulo". E é verdade, quanto jogador já se afundou nele. Time de massa é problema. Vamos tomar a ameaça como real e trabalhar.

— Perfeitamente, minha cara senhora. Vamos trabalhar, preciso de dinheiro, quero trocar de carro, comprar um importado.

— Exibido, me deixa em casa.

Era janeiro e São Paulo estava menos cheia. Muitos paulistanos viajaram e o trânsito andava rápido. Em compensação fazia um calor infernal. O sol passara o dia esquentando o asfalto, de onde subia um calor terrível. Lígia estava louca por um banho.

Em casa foi direto para o chuveiro. Por vários minutos deixou que a água escorresse pelo corpo bem torneado. Só depois usou um sabonete e se enxugou cuidadosamente.

Enquanto passava um creme hidratante, a moça sentia a firmeza dos músculos. Sempre gostara de atividades físicas. Na academia de polícia praticara muito esporte. Mesmo agora corria no Parque do Piqueri, sempre que o trabalho permitia.

O ruído da porta a avisou da chegada de alguém:

— Quem é? — perguntou.

A mãe e o irmão chegavam do supermercado.

Logo a casa se encheu de ruídos familiares, enquanto dona Cida guardava as compras e preparava um lanche.

Lígia vestiu uma camiseta e uma calça leve e desceu. Como sempre fazia, comentou os acontecimentos do dia:

— Pô, mana, que sacanagem, você vai até o Timão e não me leva. Nem me trouxe um autógrafo de Bruno Mendes. Sacanagem. Eu sempre vou ao banco pra você.

Era o irmão de Lígia, Anderson, corintiano desses de roer as unhas e chutar paredes. Ficou zangado com a irmã, que acabou lhe prometendo uma camisa autografada. Só então o menino sossegou.

— Da outra vez vou com você.

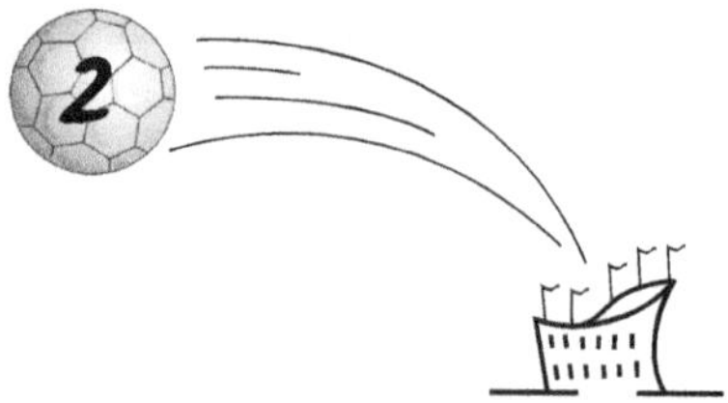

Dois dias depois, pela manhã, Lígia, Juscelino e Anderson estavam no Parque do Piqueri, onde habitualmente correm uns oito quilômetros, e encontraram Bruno. Quando chegaram, as camisetas dos jogadores já estavam molhadas de suor. Sob a atenção de dois preparadores físicos com cronômetros nas mãos, os jogadores corriam em volta do parque, entre as árvores. Lembravam máquinas velozes.

Juça, Anderson e Lígia tentaram acompanhar o ritmo dos profissionais. Não conseguiram.

Depois da corrida, Bruno deu alguns "tiros" de cem metros para melhorar a arrancada, sob a supervisão do professor, e foi entrevistado pela televisão. Só então conversou com os policiais:

— Esta noite não me deixaram dormir; me acordaram de madrugada: "Você vai morrer, seu filho...". Tirei o telefone do gancho, ligaram para o celular. A voz não era sempre a mesma.

— Olha, Bruno, vamos instalar hoje um aparelho para identificar as chamadas. O número do seu telefone está na lista?

— Não com o meu nome, acabei de chegar. O aparelho estava lá no apartamento.

— Seu endereço é conhecido?

— Muito, Juça, aluguei o apartamento do Galindez, aquele jogador paraguaio que está no Barça. Vários jogadores já moraram lá, a rua inteira sabe disso. Os carros da TV param na porta... A fachada do prédio já apareceu na televisão. E as pessoas comentam: "O jogador mora na cobertura". É o preço da fama. Moro aqui há vinte dias e a cidade inteira sabe.

Calada, Lígia observava Bruno Mendes. "Meu Deus, que homem bonito, rico, poderoso, logo vai para a Europa... um deus..." O olhar zangado de Juscelino trouxe a jovem mulher para a realidade dos simples mortais:

— Bruno, digo sempre que às vezes esconder informação é atrapalhar o trabalho policial. Brunão, sou teu amigo de infância e te conheço. Como bom mineiro você está escondendo o ouro. Você desconfia de alguém?

Lígia viu o olhar do jogador se desviar de Juça. Bruno passou a manga da camiseta na testa.

— Brunão — insistiu Juscelino.

— Tem o caso da mulher do Leônidas. Lembra dele?

— Como assim, você...?

— Eu tive um caso com a mulher do Leônidas, a Sandra, mas foi ela que começou. Sabe o Rafael, aquele goleiro? Ele namorava a irmã da Sandra e um dia disse que as duas irmãs ficariam no hotel. O Leônidas estava jogando no interior.

— Não estou entendendo, Bruno.

— O Rafael era meu companheiro de quarto na concentração, então as duas alugavam um quarto no mesmo hotel. Era um bom esquema. O Rafael ficava e eu ia para o quarto da Sandrinha. Agora o técnico Carlão põe segurança no corredor e não dá mais. Acabou-se o que era doce.

— Devia ser mesmo — disse Lígia, imaginando Bruno a deslizar pelos corredores do hotel driblando técnicos e seguranças em busca da mulher do Leônidas, que jogava no interior.

— Você jogou com o Leônidas?

— Fui reserva dele e depois ganhei a posição...

— E como o caso acabou?

— A Sandrinha queria largar o marido, mas eu não estava a fim.

— Sei, o seu jogo era amistoso...

— E a Sandrinha queria jogo oficial, com juiz e troféu...

— E o Leônidas?

— Não joga mais, é técnico no interior de Minas.

— Não é isso, Bruno, ele soube de seu bate-bola com a mulher dele?

— Eu não sei...

"O Leônidas deve te adorar, Bruno Mendes. Você lhe tomou a posição e a mulher", pensou Lígia.

De repente o jogador julgou-se observado. Eram dois meninos que, sentindo o olhar simpático do jogador, se aproximaram. Um deles estendeu uma velha camisa do Corinthians, três ou quatro patrocinadores atrás.

— O senhor assina pra mim?

Com uma esferográfica o jogador desenhou uma assinatura: Bruno Mendes.

— Vocês são boleiros? — perguntou o jogador.

— A gente joga lá na Cohab* e treinamos no Corinthians lá no terrão.

— Legal! — respondeu Bruno.

— A gente tá no juvenil. Eu jogo de central e ele de meia.

— Você vai herdar minha posição — respondeu o profissional.

Felizes, os meninos se afastaram, e o zagueiro, depois de avisar o técnico, deixou o Parque do Piqueri acompanhado pelos policiais federais e por Anderson, que ia para casa.

Bruno morava em um apartamento de cobertura no Jardim Anália Franco, que Lígia agora observava de cima. Era bonito... Do terraço a moça avistava longe. As manchas verdes das árvores, os telhados das casas marrons e vermelhos, os prédios claros começando a esconder o horizonte. Voltando a cabeça, a moça via a água da piscina cintilando à luz do sol. O céu estava muito azul. Lá embaixo, na rua, passavam automóveis.

Buscou Juscelino para dividir aquele momento de beleza, mas o rapaz, na sala, penava para conectar um detector de chamadas ao telefone. O jogador tomava banho e Lígia surpreendeu-se pensando nele, nu, sob a água do chuveiro.

De repente a cena se encheu de gente: Bruno e Juça chegaram. A empregada entrou carregando uma salada colorida. Bruno de *jeans* e camisa polo, Juscelino também.

— Pessoal, vamos almoçar.

---

*Cohab: **Co**mpanhia de **Hab**itação.

— Adoro esse tomate — disse Lígia —, é mais saboroso.

— É tomate-caqui, em Minas tem muito — acrescentou Juça.

— A nossa nutricionista recomenda que comamos tomate porque é um alimento que tem muito potássio, o que ajuda a evitar as cãibras.

— O clube tem nutricionista?

— Sim, é uma moça, a Tatiana. Ela passa a dieta dos jogadores. Graças a Deus não tenho problemas de peso, como de tudo. Tem jogador que sofre.

"Nutricionista, preparador físico, médico, dentista, fisioterapeuta, segurança, técnico, jornalistas e tantos outros, quanta gente vive do futebol", pensou Lígia. "É uma indústria."

O telefone tocou e Bruno, Juça e Lígia pensaram: "É o cara".

— Oi, pai, tudo legal, e você?

Juça e Lígia se afastaram para não ouvir a conversa.

— Juça, o que você acha do caso?

— Veja, Lígia, pode ser tanta gente, inclusive um brincalhão. Não acredito em alguém ligado ao futebol. Joguei, sei como é, jogo acabado, não se leva a briga para o vestiário.

— Mas o Freitas foi para o hospital e não jogou mais.

— É verdade, Lígia, o Bruno destruiu a carreira do Freitas, um meia talentoso, de muito futuro. Quanto ganhará o Freitas hoje?

— Há ainda a Sandrinha e o Leônidas.

— A Sandrinha, você acha...

— Mulher abandonada conversa com o diabo.

— Não tinha pensado nisso. E há o marido traído, não esqueça.

A empregada pousou uma fumegante travessa de macarrão sobre a mesa e todos voltaram a comer.

Depois do almoço, os três estabeleceram um plano de ação: os dois agentes iriam a Belo Horizonte investigar Freitas, Leônidas, Sandrinha e quem mais houvesse.

Bruno compraria um carro blindado e evitaria lugares e situações perigosas enquanto fosse possível.

Na volta, na velha viatura, os policiais conversaram e chegaram à conclusão de que o caso era muito difícil, principalmente se o autor das ameaças fosse um desconhecido, um torcedor fanático, um desses malucos que aparecem nas manchetes dos jornais do mundo de vez em quando. Havia grupos de torcedores violentos que brigavam pela cidade, quebravam ônibus e vagões do metrô e poderia ser que um desses grupos estivesse ameaçando o zagueiro. Sobravam paranoicos em São Paulo.

Juça deixou Lígia em casa e voltou para entregar a viatura. Ia preocupado. Percebera que Lígia se impressionara com o jogador e não sabia o que fazer. Gostava muito dela e Bruno Mendes era páreo duro no jogo do amor. Ele sentia ciúme.

Em casa, durante o jantar, Lígia enfrentou um severo interrogatório por parte do irmão:

— Maninha do coração, que tanto você e o Juça falavam com o nosso zagueiro?

— Xeretão! O Bruno e o Juça são amigos de infância, falaram dos tempos de Minas.

— Pô, eu sou teu único irmão, até o seu carro eu lavo, conta pra mim.

— Os dois treinaram juntos no Cruzeiro, lá em Belo Horizonte, é só.

— Não adianta, Anderson Luís sabe das coisas: Bruno está sendo ameaçado pela torcida adversária. E amanhã você pega a fila do banco, tá?

— É, seu chantagista juvenil. Adeus, mesada — respondeu Lígia, pensando no que o irmão dissera: a torcida adversária, aqueles milhares de rapazes alucinados que enchiam os estádios.

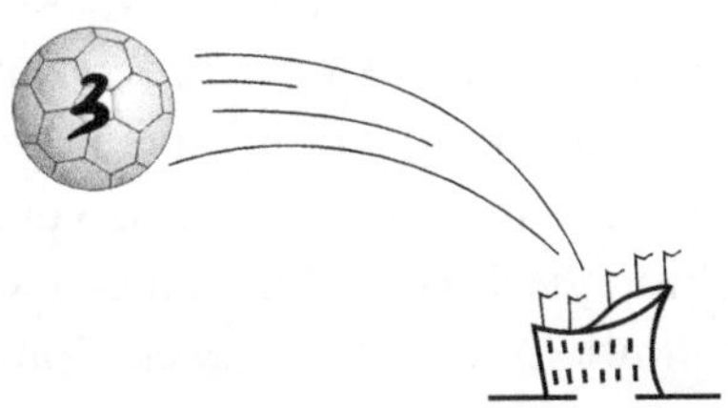

Como atraídas por uma fonte d'água fresca, as pessoas se reuniam. Pais com os filhos pela mão, homens solitários, casais, grupos de amigos, torcidas organizadas. Formavam duas grandes massas humanas opostas pela cor dos uniformes: branco e preto e branco e verde. Vinham em busca de emoção, de uma vitória que apagasse talvez as lembranças das derrotas da vida, enfim, queriam alegria, divertimento e muita emoção. Assim, num ritmo constante, o estádio se encheu de gente com uniformes e bandeiras.

Lá dentro, cada torcedor se comportava de uma maneira diferente: uns, com o rádio colado ao ouvido, informavam-se sobre as equipes; outros cantavam e sacudiam bandeiras; e havia ainda quem calmamente esperasse o início do jogo conversando.

No vestiário, os jogadores se preparavam, isolados do tumulto da torcida.

Deitado sobre a mesa, Bruno Mendes era massageado. O zagueiro gostava de relaxar antes do aquecimento; outros, como os antigos guerreiros, brincavam, enquanto enfaixavam os pés e os tornozelos para protegê-los das pancadas dos adversários. O técnico Carlão circulava observando tudo e lançando comentários: “Hoje é teu dia, garotão. Pela esquerda, sempre. Nas costas do Boca, tá, Cláudio. Vamos acabar com eles”.

Cada qual vestiu o calção e a camiseta com o número e o nome e calçou a chuteira de estimação. “Pessoal, vamos pro aquecimento”, ordenou o técnico. E todos se movimentaram para um espaço onde, depois de ativar os músculos, passaram a brincar com bolas.

Minutos antes da entrada em campo, os jogadores do Corinthians se reuniram diante do altar de Nossa Senhora Aparecida e de um São Jorge a cavalo e em coro rezaram o pai-nosso e a ave-maria. O técnico Carlão pediu que ninguém se machucasse e que vencessem. A santa deve ter ficado em dúvida porque no mesmo instante, no vestiário do Palmeiras, os onze jogadores e o técnico pediam também a mesma coisa. Com qual dos times ficou o apoio de Nossa Senhora?

Nesse domingo, às quatro horas, de diversos vestiários do país subiam preces carregadas de pedidos de vitória para Nossa Senhora Aparecida. Muitos jogadores, técnicos e dirigentes apelavam para a Padroeira do Brasil. Quanto trabalho para a santa!

Finalmente, prontos para a batalha, passaram pelo longo corredor, formaram uma roda e gritaram: “Vitória”. Subindo a escada, entraram no gramado. Aplausos, vaias, gritos, buzinas, alegria e raiva, fogos, bandeiras, uma festa de luz e cor. Bruno Mendes sentiu um frio na barriga.

O grupo, unido no centro do gramado, saudou a torcida. Repórteres se aproximaram:

— Bruno, Bruno, por favor, uma palavra para a Rádio Mundo. O que você espera dessa partida?

— Primeiramente o meu boa-tarde aos ouvintes, especialmente aos corintianos. Jogo duro, o...

Bruno sempre dizia as mesmas frases: todos os jogos eram difíceis, todos os adversários mereciam respeito, a equipe estava sempre unida, sempre treinavam bem, estavam bem preparados. Não tinha importância, o público ouvia e se emocionava. Em todas as entrevistas os jogadores diziam quase as mesmas palavras.

O juiz foi esvaziando o gramado. Ficaram os vinte e dois jogadores sob os olhares da multidão. Um silêncio elétrico encheu o estádio. O jogo começou e Bruno enfrentou trabalho duro: Tomás, o atacante palmeirense, era alto e rápido. Corria para o lado esquerdo do campo, onde havia mais espaço, e partia para cima dele com a bola dominada. Bruno acertou-lhe o tornozelo esquerdo para sossegá-lo e Alexandre, o meia-esquerda, quase fez o gol de falta. O Corinthians também atacava, principalmente pela direita, com Cláudio e Luizinho.

Aos trinta e três minutos Luizinho bateu um escanteio na marca de pênalti, jogada treinada a semana inteira. Bruno subiu mais que os outros jogadores. De frente para a meta cabeceou forte: Gol... Uma onda de alegria se espalhou pela torcida. Novamente fogos explodiram, bandeiras alvinegras tremularam ao vento, corações dispararam, a adrenalina correu solta pelas veias corintianas. Uma labareda de felicidade percorreu a torcida.

Dada a saída, o Palmeiras atacou pela direita com o lateral Djalma, que cruzava bolas altas para a área.

Mais uma vez Bruno destacou-se afastando as bolas de cabeça e cobrindo o lado esquerdo, onde o corintiano Gil não dava conta do lateral do Palmeiras, Leonardo, um pernambucano loiro, recentemente contratado.

Aos quarenta e cinco minutos, Laércio tocou por cima para Tomás, que cabeceou leve atrás de Bruno, que lhe deu uma rasteira. O juiz apitou e mostrou-lhe o cartão amarelo. O zagueiro, cabisbaixo, foi para a barreira.

O goleiro corintiano, Gilmar, reclamou de Bruno com um palavrão. Daquele lugar Alexandre não perdia gol, chutava com veneno.

Alexandre, o dez do Palmeiras, colocou carinhosamente a bola no gramado, calculou com um olhar rápido a posição da barreira e do goleiro, afastou-se três passos da bola, voltou e chutou com o lado interno do pé. A bola seguiu em curva venenosa e caiu dentro do gol do Corinthians.

"— Gooool", berrou a galera enlouquecida, que se levantou inteira. Um grito imenso formado por milhares de vozes dominou o espaço. Gol, gol, gol... As bandeiras verdes se agitavam, pessoas se abraçavam, a massa unida na mesma alegria.

A bola entrara naquele espaço santificado. O Palmeiras fizera um gol... O jogo estava empatado.

O juiz apontou o fim do primeiro tempo e os jogadores esvaziaram o gramado.

No segundo tempo, animado pelo gol, o Palmeiras dominou o meio de campo e cercou o adversário no campo dele. Homero e Bruno se viram acossados pelos atacantes. Mal desfaziam uma jogada dos inimigos e lá vinham os de verde novamente com a bola nos pés em velocidade. Aos dezoito minutos, com Tomás na frente dele, Bruno levou uma cotovelada do atacante; quando o zagueiro se voltou, o centroavante já entrava na área com a bola dominada... e gol.

Inúteis as reclamações, poderoso como Deus, o juiz validou o gol. Vaias e ofensas. Bruno sentiu que o público o culpava pelo gol do adversário e abaixou a cabeça.

Depois do gol, o Palmeiras prendeu mais a bola para manter a vantagem. Com os adversários tocando a bola de pé em pé e a torcida palmeirense gritando olé, Bruno ficava cada vez mais nervoso.

Aos quarenta e um minutos houve uma falta sobre Luizinho, na intermediária do Palmeiras. Bruno gritou: "É minha" e correu para lá. A televisão calculou que a bola chegou à velocidade de cento e nove quilômetros por hora. Gol glorioso, mil vezes repetido nos programas esportivos e telejornais.

Bruno correu para a massa, que urrava de prazer, e ajoelhou-se de braços abertos. Poder e glória. Nossa Senhora Aparecida atendera ao seu filho amado. Só então os outros jogadores o alcançaram e o cobriram de carinho.

Após o jogo, com a torcida gritando sem parar o nome de Bruno, foi o jogador mais entrevistado, o último a deixar o campo, o herói do dia.

A balança do vestiário avisou que perdera dois quilos e oitocentos gramas no jogo. O zagueiro tomou banho e enfiou-se na banheira aquecida para relaxar. Sentia-se completamente feliz soltando os músculos exaustos na suave água morna.

Lá em cima o estádio se esvaziava depois de conter a energia do futebol. Cada um levava uma alegria e uma tristeza, uma jogada bonita, um gol na lembrança, a imagem feliz de um dia sem rotina. Muitos contariam à mulher ou a um neto as emoções da partida. Pais e filhos sentiam-se agora mais amigos depois de viverem juntos a experiência do jogo.

Entre as milhares de pessoas que se afastavam do estádio havia dois meninos que sonhavam em ser jogadores. Moravam na Cohab e tinham uma longa viagem pela frente. Caminhavam alegres comentando a partida.

Quando estavam próximos do ponto de ônibus, um grupo de mais de dez palmeirenses cercou Bruno Silva e Harley.

— Corintiano safado, cês merece porrada — berraram os inimigos.

Embora também fossem bons de briga, tiveram de correr para não apanharem muito.

A orelha de Bruno Silva zuniu três dias seguidos. Um branquela gordão o acertara em cheio.

Bruno Mendes saiu tranquilamente do estádio em uma Van da produção da televisão. O herói do dia apareceria no programa A Bola no Mundo.

O jogador caprichara no visual: as roupas novas recebidas de um patrocinador, o relógio fino recebido de outro, uma corrente de ouro com medalhão e um detalhe moderno — um brinco de diamante na orelha esquerda. Bruno gostava de aparecer na televisão para "exibir esse corpinho", dizia, pois media um metro e oitenta e quatro centímetros e pesava setenta e seis quilos.

No programa a que Anderson, irmão de Lígia, sempre assistia, reuniram-se o meia Alexandre do Palmeiras, o atacante Eduardo do São Paulo, o zagueiro Baiano do Santos, Cândido, técnico da Portuguesa, e Cláudio e Bruno do Corinthians, garantindo assim a audiência de todas as torcidas.

— Foi ou não foi pênalti? — perguntou o apresentador Gregório Jr. na abertura do programa.

A jogada foi exibida várias vezes de vários ângulos. Jornalistas e jogadores disputando a vez de falar.

Quando chegou a vez de Corinthians e Palmeiras, Bruno foi eleito o melhor do jogo, o canhão do Parque São Jorge. A cotovelada de Tomás foi repetida e Bruno afirmou: "São coisas do futebol".

A emoção gerada pelo jogo da tarde foi espremida até a última gota. O gol de falta do canhão do Parque encerrou o programa.

Cansado e com dores onde levara a cotovelada, Bruno embarcou no carro da televisão e foi para casa. O dia de trabalho terminara; só queria relaxar. Dormiu como um menino.

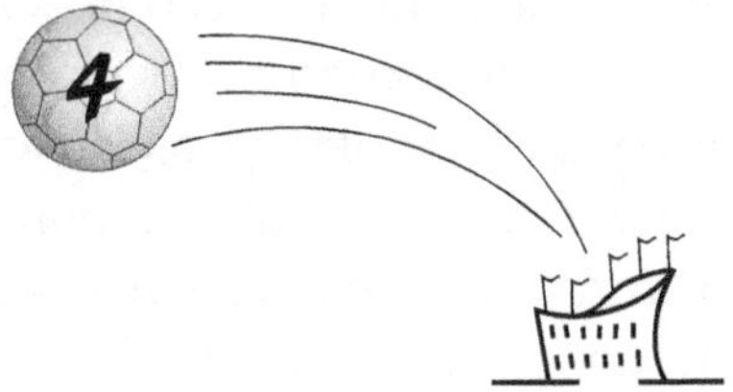

O doutor Munhoz achou que aquela morena bonita e alta mais parecia uma atriz de novela que uma agente da polícia recomendada pela diretoria e que participara dos trabalhos de uma CPI*, além de resolver o sequestro de Antônio Machado.

* CPI: **C**omissão **P**arlamentar de **I**nquérito.

Quem parecia policial era o homem negro que a acompanhava, alto e forte e com cara de bravo.

— Vamos sentar, por favor. Fiquem à vontade.

Lígia correu os olhos pelo escritório. Por trás da luxuosa escrivaninha, até onde a vista alcançava, viam-se prédios e mais prédios, ruas e mais ruas. Estavam em um prédio próximo da praça Sílvio Romero, com uma visão muito linda da zona leste de São Paulo. O doutor Munhoz assumiu a palavra:

— Bruno me falou de vocês... E o doutor Jorge Abdala, que é conselheiro do clube, fez grandes elogios ao trabalho de dona Lígia.

Quando finalmente, depois de a secretária servir água e café, a conversa chegou ao objetivo, Munhoz foi direto ao tema:

— O clube precisa de Bruno Mendes sossegado, tranquilo, preocupado só com os atacantes adversários. Essas ameaças foram longe demais. Apesar da nossa segurança, o carro dele teve os pneus furados depois do jogo contra o Palmeiras. Quero que vocês investiguem e resolvam o caso. Enquanto isso Bruno andará de carro blindado e cercado por seguranças. Os gastos e honorários de vocês são por conta do clube. Vocês terão todo nosso apoio. Faremos um contrato e vocês darão recibo.

— Certo — respondeu Juça, entusiasmado.

Lígia estava em dúvida. Achava o caso de solução muito difícil e principalmente temia que Bruno sofresse um atentado antes que eles chegassem ao culpado. Só lhe apareciam casos assim malucos, sem pé nem cabeça. Quando trabalharia num caso com cadáver, cenário, suspeito, arma, como os vistos na escola de polícia?

— Vocês já têm um plano de ação?

— Olhe, doutor Munhoz — respondeu Juça. — Já instalamos um BINA* no telefone da residência de Bruno e vamos investigar também esses acontecimentos de Belo Horizonte. Pode-se dizer que ele tem um passado negro.

* BINA (sigla de **B** **I**dentifica **N**úmero de **A**): Aparelho inventado pelo brasileiro Nélio José Nicolai (http://www.nelio.hpg.ig.com.br) que identifica o número do telefone de quem está ligando.

Todos riram e Lígia entrou na conversa:

— Doutor Munhoz, o senhor teria condições de infiltrar alguém nas torcidas organizadas?

— Excelente ideia, dona Lígia. Já temos gente nossa lá, embora eu não acredite que a ameaça parta das torcidas organizadas.

— De quem o senhor suspeita?

— O jogador de futebol ocupa um lugar de destaque na nossa sociedade. É jovem, bonito, ganha muito dinheiro, um verdadeiro deus. Quem não sente a mais pura inveja de um jogador consagrado como o Bruno, respeitado pelos homens e amado pelas mulheres? Uma imagem assim provoca fortes emoções, tanto positivas como negativas.

Juça não gostou de que Lígia ouvisse essas palavras e calou-se.

— Pelo que estou entendendo, o senhor suspeita de um maluco?

— Sim, um psicopata.

— Alguma razão especial?

O doutor Munhoz digitou no computador e Lígia e Juça viram na tela a imagem de um rato morto. Abaixo um texto: "Não contrate o rato Bruno Mendes; a vítima pode ser você".

— Bruno recebeu vários destes correios eletrônicos e cartas anônimas. A princípio pensei em brincadeira, mas agora... As cartas são enviadas para o escritório, para o clube.

— Doutor, onde foram postadas?

— Achei curioso, foram enviadas de várias cidades: Vitória, Belo Horizonte, Ouro Fino, Lindoia, Jacutinga, Rio de Janeiro, São Paulo...

— Um louco que viaja muito pode ser perigoso.

— Exatamente, e há o caso do carro de Bruno. Alguém enfiou um prego em cada um dos pneus. Bruno não foi buscar o carro depois do jogo e durante a noite os pneus se esvaziaram, isso evitou um acidente.

— E os carros dos outros jogadores?

— Nenhum arranhão.

— É, parece que Bruno tem um inimigo disposto a correr riscos.

— O carro estava no estacionamento dos jogadores, cercado e com segurança profissional.

— Bom, doutor Munhoz — comentou Juscelino —, nós temos algumas hipóteses e vamos investigar.

— De quem vocês suspeitam?

— Há um marido traído e um jogador que Bruno afastou do futebol. Acontecimentos passados lá em Minas são razões poderosas para que alguém resolva incomodar Bruno no início do trabalho no Corinthians. Uma vingança. Alguém quer prejudicar o estado emocional dele.

— O senhor disse incomodar...

— Sim, doutor Munhoz, incomodar. Alguém ligado ao futebol conhece a importância do fator emocional no rendimento do atleta e quer atrapalhar Bruno, prejudicá-lo a baixo custo.

— Então, não seriam ameaças sérias, mortais?

— É possível que não. Talvez só queiram incomodar o trabalho profissional de Bruno. Cão que ladra não morde.

— Desde que não esteja louco.

— Assim — continuou Juça — bastaria uma conversa nossa com o autor das ameaças para resolver tudo.

— Tomara, estamos disputando dois torneios difíceis e precisamos de Bruno com força total.

— Faremos o possível. Bruno é um amigo de infância.

Lígia acompanhava calada o diálogo dos dois homens. Mais uma vez admirou a forma como Juça conduzia a conversa. Para ela o caso parecia muito difícil, principalmente se fosse um maluco ou um grupo de malucos no meio da multidão de fanáticos. Como os homens gostavam de futebol... passavam horas falando de um jogo ou diante da televisão assistindo àqueles programas insuportáveis de comentários esportivos. Lembrou-se do irmão diante da televisão, vendo e revendo a mesma imagem e os jornalistas discutindo:

"Foi pênalti, não foi". Qual a importância daquilo tudo? Anderson deitava tarde e custava a levantar pela manhã. Dona Cida ficava louca de raiva: "Acorda, meu filho".

A entrevista com o diretor do clube chegava ao final. Os agentes receberam um cheque, assinaram um recibo e se despediram.

Em poucos segundos estavam na rua. Lígia observava as pessoas que cruzavam com eles: homens sérios de terno e pasta; mulheres elegantes com bolsas grandes; estudantes com mochilas nas costas. Perto de um canteiro, um homem maltrapilho amassava latas de alumínio e as colocava num saco.

Os agentes pagaram o estacionamento: "Caríssimo, ainda bem que o clube banca", pensou Juça.

Só no carro os dois policiais puderam conversar.

— Juça, você acredita mesmo na história de um psicopata?

— Sei lá, vi essa história num filme. Na hora precisava convencer o Munhoz a contratar a gente. Ando querendo trocar de carro, comprar um importado, são mais seguros.

— O meu medo é que peguem o Bruno antes de a gente agarrar esse maluco. Seria uma vergonha pra gente. A imprensa tiraria o maior barato da Polícia Federal.

— Viver, Lígia, é perigoso, além disso é impossível ganhar todas, resolver todos os casos, só na TV.

— É, mas ganhar dinheiro e perder o jogo...

— Os médicos recebem, mesmo quando o paciente morre.

Lígia não respondeu. Juça estava com ciúme e raiva do jogador. Pensava que ela se afastara dele por causa de Bruno Mendes. Lígia sabia que não fora assim. O amor dela fora se apagando; aparentemente o dele não. Ela agia como muitas mulheres o fazem: afastando-se em pensamento. Juça, calado, dirigia na segunda faixa da direita de um rio de carros que escorria lentamente entre os prédios altos e modernos da avenida Radial Leste.

Motoqueiros passavam como loucos entre os carros.

Lígia pensava que Bruno era um homem perigoso — "um pedaço de mau caminho", diria dona Cida — e ela não queria ser apenas mais uma na coleção de mulheres do jogador.

— Juça, você me deixa no metrô?

— Claro, Lígia, com todo prazer.

Despediram-se friamente.

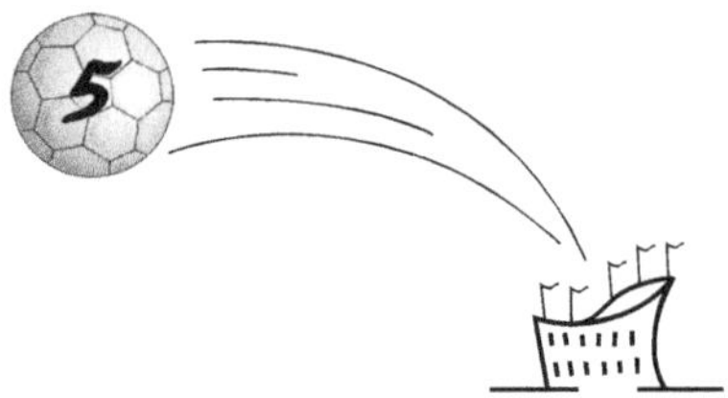

As quarenta e sete toneladas do jato correram pela pista de Cumbica e Lígia segurou a mão de Juça.

— Você tem medo?

— É um carinho, seu bobo.

Inclinado para cima o aparelho começou a subir rápido e o Aeroporto de Cumbica foi diminuindo, diminuindo até desaparecer. Agora a janela exibia um céu muito azul e nuvens brancas: o que os pilotos chamam de céu de brigadeiro.

— Juça, às vezes penso que vivemos na era dos milagres e não percebemos.

— Que milagres?

— Veja, Juça, nós estamos a 10.000 metros de altura, viajando a oitocentos quilômetros por hora na maior tranquilidade e ninguém percebe a maravilha desse fato. Olhe os passageiros.

Homens de terno liam jornais, outros operavam computadores portáteis, os jovens músicos de um conjunto dormitavam, pessoas iam ao banheiro. Parecia uma sala de espera de um restaurante fino.

As aeromoças passavam com um carrinho, pouco depois ofereciam comida e bebida.

Em uma hora e dez minutos chegavam a Belo Horizonte, onde investigariam algumas pistas do caso Bruno Mendes e aproveitariam para visitar a família de Juça em Contagem.

No Aeroporto da Pampulha os agentes alugaram um carro de motor poderoso e rumaram para o centro da cidade, onde se hospedaram num bom hotel — por sugestão da moça, em quartos separados.

Lígia fizera uma pequena transgressão: falsificara uma carteira de jornalista de *A Notícia* como disfarce para entrevistar o ex-jogador Freitas. Juça seria o fotógrafo da reportagem.

Pelo telefone a empresa de transporte de valores não dava informações sobre seus funcionários. Os agentes foram até lá, ao cair da tarde. Juça não esquecera os caminhos da cidade onde nascera.

Apareceu um homem pequeno, magro, vestindo uniforme marrom da empresa. Ao caminhar mancava um pouco.

Lígia adiantou e com voz doce explicou que viera de São Paulo para entrevistá-lo para o jornal *A Notícia*. "É uma matéria sobre os maiores jogadores mineiros de todos os tempos" — disse para mexer com a vaidade dele. "O senhor não poderia faltar na nossa lista."

— Mas eu não quero mais falar sobre futebol.

Lígia insistiu, chegou a oferecer dinheiro.

— Futebol é assunto encerrado na minha vida. Desculpe, moça. — Virou-se e desapareceu por onde chegara, deixando Lígia plantada na portaria.

— Sempre desconfiei dos detetives de televisão. Para eles tudo dá sempre certo — comentou Lígia. — E agora, o que a gente faz?

Resolveram esperar um pouco nas proximidades e ficaram no carro, parado a uma certa distância da porta da empresa, por onde meia hora mais tarde começaram a sair funcionários, inclusive o ex-jogador, com alguns colegas também uniformizados de marrom.

O grupo ficou no bar da esquina por quase uma hora. Depois o ex-jogador atravessou a rua com seu passo em falso e após longa espera tomou um ônibus lotado que os agentes seguiram de longe por avenidas e ruas cada vez mais pobres até a periferia da cidade.

João de Freitas desceu do coletivo e caminhou até um bar próximo, desaparecendo da vista dos agentes.

— Hoje, Juça, não adianta insistir. Freitas vai encher a cara. É melhor que não nos veja.

— A gente volta ao bar amanhã, e conta a história da tal reportagem.

No dia seguinte, pela manhã, os agentes voltaram ao bar: balcão de fórmica, mesas e cadeiras com marcas de cerveja e um piso velho e gasto de cor indefinida, que um homem da idade do bar limpava. Nas prateleiras, garrafas de cachaça.

No fundo do bar havia prateleiras com troféus esportivos e na parede uma bandeira azul-celeste: 1º de Maio Futebol Clube. Do lado esquerdo uma porta com duas letras escritas: W.C.

Lígia apresentou-se como jornalista e foi bem recebida por seu Américo, que se encantou com a possibilidade de contar a velha história, mais uma vez. Era um homem moreno de mais de sessenta anos — quarenta atrás desse balcão —, usando um bigode fino. Sem dúvida um dos seus heróis era João de Freitas Filho:

— Magrinho, canela fininha, pequeno, mas bom de bola. Os Freitas vieram do interior e foram morar naquela casa ali. Naquele tempo a molecada jogava na rua e logo vi que aquele menino era um craque da pelota, driblava até a sombra. Quanta briga por causa dele no 1º de Maio, ele sentava as vacas bravas* no chão e eles vinham na pancada pra cima dele, aí a turma tinha que sair na porrada... Falta, então, era com ele. Parecia que conversava com a bola, ajeitando-a, virando-a várias vezes, nem tomava distância. Três passos. Batia com o lado do pé. Cansou de fazer gol assim.

Lígia viu que os olhos do velho se encheram de lágrimas como quem fala de um filho querido.

— Um dia, o 1º de Maio jogou num festival e o seu Neca do América chamou o Freitas e o Ademir para uma peneira; o Ademir não ficou, o Freitas sim, e foi até o profissional. Muitas vezes emprestei o dinheiro da condução para ele não faltar aos treinos. O Flamengo do Rio queria o passe dele, mas então ele se machucou e não jogou mais. Um diretor do América arranjou um emprego para ele... numa firma que transporta dinheiro.

Lígia perguntou então pela família do craque.

* Vacas bravas: Na gíria do futebol quer dizer jogadores violentos.

— Casou com a Valdete, uma moça da rua de cima, mas não deu certo. Quando ele jogava, as mulheres viviam em cima dele e a Valdete largou mão e casou-se de novo... O Freitas mora na velha casa com a mãe e a irmã solteira.

— Será que a gente podia falar com elas?

— Elas não gostam de falar da carreira do Freitas. Foi uma desilusão muito grande. Eles estiveram bem de vida, mudaram pro centro, andavam de carro... Agora acabou tudo, só sobrou essa casinha aqui.

— E o Freitas bebe?

— Bebe... já chega aqui calibrado, toma mais duas ou três e vai para casa. Mas isso a senhora não vai botar no jornal, não é?

— Não, pode deixar. Como foi mesmo que ele se machucou?

— Foi num jogo contra o Cruzeiro, no Mineirão. Um beque do Cruzeiro quebrou a perna dele, num carrinho. Uma barbaridade.

Conversaram mais um pouco e Juça até fotografou os troféus do 1° de Maio e o bar do seu Américo. Agradeceram muito e se despediram.

No carro não falaram de outro assunto e chegaram à conclusão de que Freitas tinha todos os motivos para ameaçar Bruno Mendes. Ao quebrar a perna de Freitas, o zagueiro também destruíra-lhe o sonho e a vida. Um homem na situação de Freitas era capaz de tudo. O jeito era vigiá-lo por algum tempo até perceber qual seria a intenção dele. Um homem que perde uma bela carreira, a mulher e o filho pode tornar-se perigoso. Não se sabe que pensamentos podem andar pela cabeça dele. Freitas nada tinha a perder.

"Deus meu", pensou Lígia, "que história de horror. Imagine o menino João de Freitas percebendo que joga melhor que todos, sonhando com o futuro dourado de grande jogador, subindo, subindo até a equipe principal, ganhando dinheiro e amor, comprando carros e casas. Um dia, a dor, a operação e tudo acabado. João de Freitas não serve mais".

A imagem de um homem manco, caminhando de cabeça baixa até o bar, acertou Lígia bem no coração.

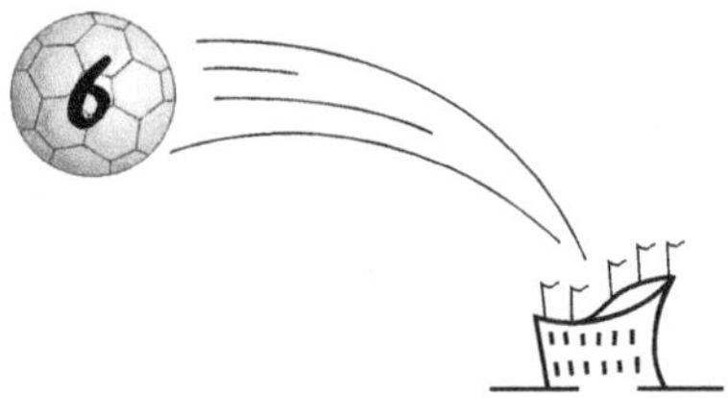

No café da manhã uma fartura bem brasileira sobre a longa mesa coberta de pratos com doces, bolos e salgados: cuscuz, tapioca, bolinhos de chuva, bolos de milho, fubá, chocolate e baunilha, pães de várias cores e formas, frutas, torresminho à pururuca, pequenas linguiças defumadas e um queijo branquinho que parecia pedir um pedaço de goiabada cascão para formar o perfeito romeu e julieta. Típica cozinha mineira. Afinal o hotel ficava em Belo Horizonte.

Lígia adorou o bolo de milho. Não tinha problemas de peso, corria três vezes por semana e jogava futebol. Juça, embora alto e forte como um zagueiro central, engordara um pouco, o que não o impediu de encher o prato: ovos mexidos, torresmos e linguiças, e muito pão. Também bebeu suco de laranja e café com leite.

— Parece um filme, Juça, a gente aqui, numa boa, neste hotel.

— Com todas as despesas pagas.

— Vou ficar mal-acostumada com tanta mordomia.

O salão do hotel estava quase vazio, e apenas um garçom atendia aos hóspedes, pois a maioria já saíra para tocar a vida. Juça e Lígia, tomando café despreocupados e felizes, pareciam um casal em lua de mel que dormira até mais tarde.

Depois da refeição, voltaram aos quartos, onde Lígia vestiu um *blazer*, escovou cabelos e dentes. Juça também se arrumou e logo o carro os transportava para a sede da Polícia Federal em Belo Horizonte, onde trabalhavam vários colegas da mesma turma da academia, em Brasília.

Foram muito bem recebidos por Milton e Roque e logo começaram a lembrar as histórias do tempo da academia de polícia em Brasília: o casal que encontraram pelado numa batida; a filha de uma autoridade que levava cocaína no sutiã e uma farra de formatura numa boate da Asa Sul, em que Lígia não estivera.

— Vocês querem fazer um bico? — Juça perguntou aos dois agentes mineiros.

— Claro que sim. Quem não está precisando de algum por fora?

Juça explicou o caso de João de Freitas, ex-jogador, agora suspeito de ameaçar Bruno Mendes. Deu o endereço da casa e do trabalho, uma fotografia nova do João.

Milton e Roque acharam o trabalho fácil, o realizariam na folga dos plantões. Pediram um adiantamento para os gastos e Juça fez um cheque de quatrocentos reais.

O assunto mudou para a carceragem e Lígia quis saber se havia presos importantes lá. Roque respondeu que a Polícia Federal só tinha "clientes" importantes. Havia traficantes nigerianos, dois libaneses, um americano, um casal português, preso por ordem da Interpol por crime financeiro, e muitos latino-americanos sem dinheiro no bolso: argentinos, uruguaios, paraguaios, chilenos, colombianos e bolivianos — os soldados do pó, muita "mula"*.

— E "clientes" nacionais importantes, Roque?

— Você não sabe? Temos a honra de hospedar o banqueiro Ângelo Bracciola, um figuraço. Qualquer dia dou-lhe uma porrada, o cara é folgado.

— Por que folgado?

— De saída, o cara veio com uma conversinha de dar dinheiro. Não sou garçom para ganhar gorjeta. Depois tirei dele um celular e um uísque. O cara acha que cadeia é hotel. Outro dia, no banho de sol, mandei o cara entrar e ele quis discutir comigo. Dei-lhe um catiripapo para deixar de ser besta.

— Cuidado, Roque — disse Juça —, atualmente bater em preso é problema.

— Você me conhece, Juça, não sou violento. O problema é que Bracciola pensa que ainda está na diretoria do banco dele.

*Mula: Na linguagem policial significa pessoa que transporta droga mediante pagamento.

— E não está acostumado a obedecer, a ter seus desejos negados. Está acostumado a mandar.

— Só, Lígia, que não sou psicólogo, e cadeia não é hotel cinco estrelas. Com Roque o papo é outro.

— Claro, Bracciola precisa cair na real, sacar que entrou em cana.

— Deixe comigo.

Lígia quis conhecer o banqueiro. Foram até o pátio onde os presos tomavam banho de sol. Ângelo Bracciola era um homem de meia-idade de cabelos pintados e fisionomia triste. Vestia uma calça escura e uma camisa social azul de colarinho branco. Tomava sol sozinho no canto do pátio. Ninguém diria que sumira com um bilhão e meio dos depositantes.

— Um bilhão e meio — repetiu Lígia espantada. — Um bilhão e meio. Nem consigo imaginar tanto dinheiro...

— Dava até pra parar de trabalhar.

Ficaram conversando ao sol, os quatro. Corria um boato de que haveria um concurso para agente e delegado no próximo ano. Lígia prestaria o tal concurso se terminasse a faculdade. Roque, Milton e Juça não estavam a fim de estudar mais.

Lígia correu os olhos pelo pátio. Alguns presos circulavam de dois em dois; outros, a maioria, sozinhos, como Bracciola. Lígia fixou-se num deles, sentado no chão, cabeça baixa no meio das pernas, a imagem viva do desespero.

— Quem é? — perguntou aos colegas fazendo um movimento com a cabeça.

— É o Romano, Lígia, um ex-agente, um colega. Coitado, viciou-se em cocaína, raptou a filha de um doleiro, atirou num delegado. Vai sair com mais de cinquenta anos, sem aposentadoria, sem emprego. Mas vamos botar esse pessoal na cela. Pessoal, hora de entrar.

Para espanto de Lígia, os presos atenderam o chamado de Roque. Romano, quando passou próximo aos agentes, disse:

— Seu Roque, vamos dar um trato na máquina?

— Vamos sim, Romano, hoje eu trouxe a cera. Depois do almoço, está bem?

Roque explicou que Romano, para não ficar na cela, lavava os carros dos agentes, polia, fazia pequenos consertos "para ficar vendo o céu".

A frase ficou dando voltas na mente de Lígia: "Para ficar vendo o céu". Quando estava em São Paulo, a moça raramente olhava para cima, só do alto de um prédio, em Cumbica, buscava mais o céu. Os aviões, ao chegar ou partir, despertavam sonhos de viagens, desejo de conhecer o mundo tão grande, botar uma mochila nas costas e andar sob o sol em lugares desconhecidos. Agora descobria uma pessoa que precisava ver o céu e sentiu uma certa simpatia pelo velho e mau Romano.

— Vamos embora, Li, os colegas precisam trabalhar.

Milton e Roque já trancavam portas e fechavam cadeados. Os presos só veriam o céu no dia seguinte, embora o firmamento estivesse azul-celeste, digno de uma pintura em cúpula de catedral.

Já no carro, rumo ao centro comercial onde trabalhava uma antiga namorada de Bruno, Juça puxou conversa:

— Li, você imagina como Roque e Milton vão trabalhar?

— Nem desconfio. Não os conheço bem.

— Vão gravar os telefonemas do Freitas, principalmente o celular.

— Sem ordem judicial? É crime.

— Esses dois são vivos, pegam alguém para fazer o serviço. Eles conhecem todo mundo aqui.

Estacionaram o carro no *shopping* e entraram.

— Ju, não parece que estamos em São Paulo?

— *Shopping* é tudo igual: as mesmas lojas, os corredores, os produtos, até os banheiros no fundo do corredor. Veja, até as meninas loirinhas e de cabelos longos, *jeans* e camiseta atendendo nas lojas.

Na loja de artigos masculinos descobriram que a ex-namorada de Bruno fora com o marido para Jundiaí, interior de São Paulo.

Assim os agentes voltaram ao hotel, arrumaram a mala e seguiram para o Aeroporto da Pampulha, onde deixaram o carro alugado e voltaram a São Paulo num voo tranquilo, durante o qual Lígia se surpreendeu várias vezes pensando em Freitas mancando rumo ao bar.

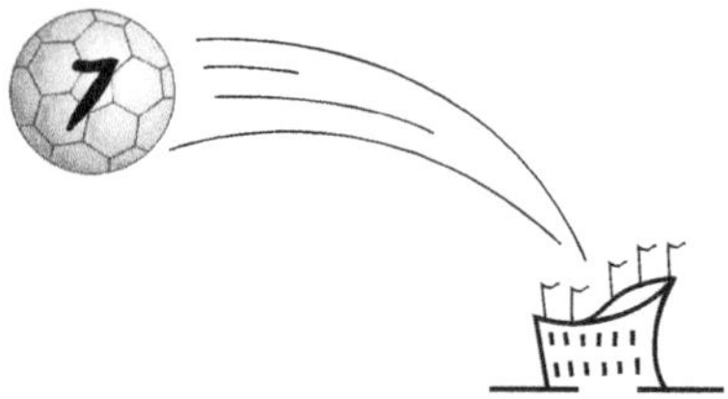

Manhã bonita de dar gosto. O sol banha Lígia, que, sentada nos degraus do Parque São Jorge, assiste ao treino do Corinthians. Ao lado dela, o irmão Anderson não tira os olhos do campo. Ele se convidou assim que soube que ela iria ao clube.

O técnico Carlão faz a equipe repetir várias jogadas. Em uma delas Didi cruza pela esquerda para trás e o centroavante Walter chuta para gol; em outra Cláudio cobra um escanteio pela direita, lançando a bola na marca de pênalti, e Bruno vem correndo de fora da área e cabeceia para o gol.

Lígia se encanta com o salto do homem; parecia uma estátua de bronze parada um instante no ar.

— Gol — gritou Anderson. — Que golaço!

Agora o técnico Carlão treinava uma jogada de ataque pelo meio da defesa reserva da qual Bruno não participava e Lígia se perguntou: "Será que estou me apaixonando por esse cara?".

Bem embaixo de onde estava Lígia, um grupo de meninos, entre os quais Bruno Silva, lá da Cohab, também assistia ao treino dos profissionais, sonhando com o dia em que estariam treinando naquele campo.

Depois do coletivo alguns jogadores repetiam jogadas. O meio atacante Cláudio bateu mais alguns pênaltis no goleiro Gilmar. A especialidade de Bruno eram as faltas de meia distância da área, quando conseguia chutar a bola a mais de cem quilômetros por hora.

Bruno bateu sessenta faltas no goleiro reserva Alexandre e fez quinze gols. "Boa média", elogiou o treinador.

Terminado o treino, os jogadores atenderam a imprensa. Os programas esportivos da televisão precisam de material. Lígia sabia que Bruno não gostava do jornalista da TV Carlos Tadeu, que o zagueiro chamava de fofoqueiro, e surpreendeu-se com a amabilidade com que Bruno o atendeu. "Teremos um jogo muito difícil. O Santos tem uma grande equipe. O treino foi muito produtivo. Quanto a meu futuro, por enquanto só penso no Corinthians, mas jogar na Europa é um sonho."

Depois se aproximou um menino alto e forte, negro como Bruno, e todo sem jeito pediu uma chuteira velha. "É o menino do Parque do Piqueri", reconheceu Lígia.

Bruno pensou um pouco e lembrou que tinha no armário mais de vinte pares que ganhara das fábricas. Então pediu ao menino que esperasse que ele mandaria um par pelo roupeiro.

Emocionado, o menino Bruno Silva ficou mais sem jeito ainda.

Lígia não entrava no vestiário, lugar cheio de homens nus sob o chuveiro ou nas banheiras, de brincadeiras pesadas, de toalhas molhadas voando, e ficou apenas observando o movimento de fora. Repórteres com microfones e câmaras, pais e mães com crianças, meninas barulhentas ainda vestidas com o uniforme, meninos esperando a saída dos jogadores.

Bruno Silva arregalou os olhos quando viu as chuteiras na mão do roupeiro e exclamou: "É pra mim!". Como era canhoto, passou carinhosamente a mão esquerda pelo couro, depois abraçou-as contra o peito como a uma namorada. Saiu andando, cercado pelos amigos, que já o olhavam diferente.

Comovida também, Lígia julgou formidável o gesto do zagueiro. Era agradável ver o menino feliz, olhos brilhando, encantado com as chuteiras, presente do jogador famoso.

Alguns minutos depois Mendes apareceu e logo o repórter Alfredo José o abordou.

— Estamos aqui no Parque São Jorge com o zagueiro Bruno

Mendes. Bruno, corre um boato de que você estaria sendo vendido para o Barcelona, da Espanha. É verdade?

— Alfredo, jogar no Barcelona é o sonho de qualquer profissional, mas por enquanto sou jogador do Corinthians.

— Dizem até que o seu passe custou dez milhões de dólares.

— Veja, Alfredo, até agora ninguém procurou meu empresário. Sou jogador do Corinthians e quero ser campeão aqui. Essa torcida merece um título.

— Bruno, um passarinho me contou que você estaria recebendo ameaças. É verdade?

— É verdade, Alfredo, furaram os pneus do meu carro e recebi telefonemas anônimos, mas confio em Deus.

— Você desconfia de alguém?

— Não, em todos os lugares em que joguei, deixei amigos.

O repórter agradeceu. Bruno despediu-se e se aproximou de Lígia e do irmão.

O jogador estava muito elegante de calça e camisa azul-clara, uma grossa corrente de ouro, uma pulseira e um relógio que devia valer mais que o carro de Lígia.

— Vamos almoçar, Lígia?

— Estou com meu irmão menor. Ele tem compromisso.

— Sem problemas, levamos seu irmão para casa.

Todo feliz, Anderson sentou atrás. "Pena que a turma não esteja me vendo aqui neste carrão", pensou. "Sou amigo do craque."

Bruno desviava dos buracos quando podia e a suspensão macia do carro importado reclamava.

— Como é que o jornalista soube das ameaças?

Bruno explicou que o empresário dele achou que as ameaças renderiam maior exposição na mídia e "vazou" a informação para o jornalista; a história do Barcelona também era criação do empresário, que "plantara" a notícia num jornal espanhol. Ele precisava ficar sempre em evidência, os patrocinadores exigiam. Espaço na mídia valia dinheiro.

— Como assim?

Todas as roupas dele eram da mesma marca, e ele só podia aparecer com aquelas roupas na televisão; também fazia comerciais de apartamento em Belo Horizonte, que a fábrica de chuteiras pagava, e ainda há pouco assinara um contrato com uma escolinha de futebol. Por isso precisava aparecer.

"Meu Deus", pensou Lígia, "esse homem é uma vitrina ambulante".

O automóvel agora voltava pela Marginal no sentido centro e Lígia, docemente recostada no banco de couro, ouvia a voz grossa de Bruno contar a história da vida dele:

— Não tive pai, minha mãe era empregada doméstica e solteira. Desde pequeno, quis ser jogador. Chegava da escola em que estudei com o Juça e ia pro campinho, onde jogava até a noite. A gente era muito pobre, morava na periferia, eu jogava descalço. Na escola o professor de Educação Física gostava muito de mim e me levou para jogar num time que ele treinava. Eu sempre fui grandão, com treze anos jogava com homens feitos. Um dia seu Veiga, um ex-jogador, me viu jogar e me levou para treinar no Cruzeiro. Lígia, comi o pão que o diabo amassou com farinha estragada. Quase nunca eu tinha dinheiro para ir treinar. Juntava latas pra vender, carregava tijolo em obra, lavava carro, tudo pra juntar o dinheiro dos dois ônibus. Aguentei até chegar a titular do juvenil. Então seu Ferraz me arranjou um emprego na firma dele e com o que eu ganhava dava pra comer e pra condução.

— Que luta, Bruno!

— Foi isso mesmo, uma luta terrível. Muitos colegas desistiram. Quando passei a juvenil, melhorou um pouco, apareceu uma ajuda de custo e como eu jogava no time de uma empresa ganhava bicho. Disputei a taça São Paulo e depois me emprestaram por um ano para o Uberaba. Dormia no alojamento, o salário era pequeno, mas ganhei força e experiência. O Uberaba serviu de vitrina para o meu futebol. Fiz um gol de falta contra o Atlético que passou na TV. Depois disso, quando voltei, ganhei a posição de titular. Então foi maravilhoso, pude comprar uma casa pra minha mãe, um carro, a vida ficou boa.

— Posso lhe fazer uma pergunta?

— Com certeza!

— Você investe, guarda para o futuro?

— Claro, tenho um conjunto de imóveis e um hotel em Belo Horizonte. A carreira de jogador é curta. O meu empresário cuida dos investimentos e também dos contratos publicitários.

Lígia estava cada vez mais impressionada com Bruno Mendes, um homem grande, forte, seguro, inteligente... acabou sentindo-se um pouco ridícula como segurança dele.

A churrascaria a que foram era luxuosa, o chão de granito, sofás de couro para a espera, um balcão com todas as bebidas do mundo.

O *maître* cumprimentou Bruno com grande respeito e os levou imediatamente a uma mesa.

Enquanto comia um belo prato de camarões e tomava cerveja, Lígia chegou à conclusão de que era hora de conversar seriamente com Juça porque ela não era mulher para dois homens e estava se apaixonando pelo jogador.

O proprietário do restaurante apareceu ao final da refeição e disse que era por conta dele, que só queria uma fotografia para recordar a presença de Bruno Mendes na casa.

A figura de Bruno Mendes no imenso salão da churrascaria chamava a atenção dos fregueses. Lígia se divertia vendo um cutucar o outro. "Não é o jogador do Corinthians?" As mulheres, então, se assanhavam, principalmente uma loura de *jeans* e longos cabelos. Tanto olhou para o jogador que Lígia comentou com Bruno: "Vou prender aquela perua por assédio sexual".

— Prenda mesmo, Lígia, ela é muito feia.

Antes de sair, Bruno ainda tirou fotos com os garçons, deu autógrafos a alguns meninos e a loura deu-lhe um beijo estalado no rosto.

— Pois é assim, Lígia, só porque o Corinthians ganhou o último jogo. Nas derrotas, o melhor é nem sair de casa, a gente só escuta broncas de torcedor. Um inferno.

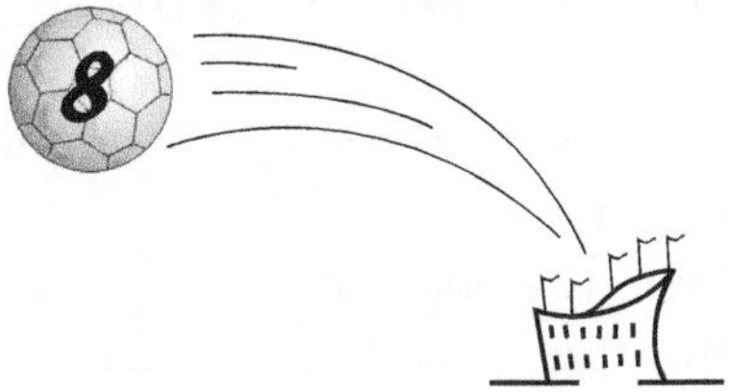

A luz do sol já se escondeu atrás das montanhas e um grupo de homens sai conversando pela porta lateral da transportadora de valores, em Belo Horizonte. Um deles vai até um telefone público e disca, de memória, um número.

— Alô, Vadão, tudo bem, é o João... o João de Freitas, pô.

— Tá, fala.

— Aquele negócio, sabe, vai ser na sexta, 27.

— Tá legal, entendi.

— Depois não esquece do meu.

Mancando levemente João de Freitas atravessou a rua e juntou-se aos amigos no bar. Tomou uma branquinha pra quebrar o gelo, virando o copo de uma vez, e depois pediu cerveja.

Mais feliz, contou aos amigos uma das suas jogadas favoritas na decisão do campeonato mineiro. "Foi da área, fiquei esperando o rebote. O goleiro Hélio jogou no meu pé, bati de primeira, de curva, encobrindo todo mundo. Gol. Vocês se lembram do lance?" Por um breve momento, Freitas sente-se totalmente feliz.

Lembravam sim, o Leôncio estava lá. Naquele momento, unidos pelo álcool, sentiam-se todos muito amigos, irmãos, unidos pelas velhas lembranças de dias felizes.

Uma hora depois, todos meio bêbedos, menos o Anísio, o motorista crente, subiram no velho carro pra voltar pra casa.

Quarenta minutos depois, Freitas descia na porta do bar do seu Américo. Gostava de tomar uma cerveja ali e então ir para casa. Morava com a mãe e uma irmã solteira na velha casa dos pais. A mulher se fora, levando o filho. Sentia uma falta danada do menino. Valdete casara-se de novo e mudara para Juiz de Fora. Era longe. O filho o estranhava, chamava ao outro de pai.

Seu Américo, depois de servir a cerveja, pigarreou duas ou três vezes, antes de falar:

— Joãozinho, vou te contar uma coisa boa. Estiveram aqui no bar uns jornalistas de São Paulo. Estão escrevendo uma reportagem sobre você.

— Uma morena e um negrão? Eles estiveram lá na firma. Eu nem quis papo.

— Por quê, Joãozinho? O futebol é teu destino. Você pode ser técnico, ensinar a garotada.

Com um gesto de mão, o ex-jogador afastou o futebol, a garotada, a imprensa. Murmurou "Põe na conta" e afastou-se mancando.

Conforme Juça imaginara, Milton e Roque grampearam o telefone usado por Freitas, um orelhão na rua da transportadora de valores, e também o da casa dele. Na manhã seguinte, ao ouvirem as palavras de Freitas, os agentes ficaram desconfiados de que o ex-jogador participara dos preparativos de um assalto. Roque telefonou para um amigo na delegacia especializada em assalto a bancos perguntando se conhecia Vadão. O policial respondeu que era um bandido perigoso, várias vezes foragido, líder de uma quadrilha da pesadíssima, especializada em assalto a carros fortes e assassino. Pediu ao amigo que tivesse cuidado caso ele estivesse preso, pois a quadrilha de Vadão fazia pacto de resgate dos elementos presos. Falou ainda que gostaria muito de recapturar Vadão, que matara um amigo dele.

Roque respondeu que daria novas notícias e desligou.

Os dois agentes trocaram ideias. Se fosse o mesmo Vadão, poderiam estar preparando um assalto à transportadora de valores, usando Freitas como informante. Quais vantagens os dois podiam levar nessa parada?

Quanto às gravações do telefone residencial de Freitas, não se conseguiu nada de útil: a mãe se queixava de doença, a irmã solteira fofocava com amigas. Só uma vez Freitas recebera um telefonema: uma voz grossa avisava ao ex-jogador que a encomenda estava a caminho. Freitas respondera nervoso que tinha pressa e desligara.

Que encomenda seria? Freitas agora não parecia um ex-jogador que se entregava à bebida. Participava de um jogo sujo e misterioso cujas primeiras notícias chegavam aos ouvidos dos agentes federais através da escuta telefônica.

Milton e Roque deixaram um recado na secretária eletrônica de Juça: "Por enquanto nenhuma descoberta importante. Investigações em andamento. Mande duzentos reais para despesas".

Japan
A
TYPE I (NORMAL) POSITION
NORMAL BIAS 120μs EQ
EF60

Na gravação do dia seguinte João de Freitas dizia ao Vadão: "É carga grande, umas setenta toneladas".

Milton e Roque pensaram muito. Assalto a banco não era da esfera federal, e a Polícia Civil cuidaria do caso, mas, se os dois falassem com o chefe de segurança da transportadora, podia sobrar algum pra eles. E o Freitas? Perderia o emprego, iria para a cadeia?

— Roque, sabe que me lembro do Freitas jogando? O cara era um craque. Hoje é um pobre infeliz. Dá pena.

— Eu também não tenho vontade de acabar com ele.

— Ninguém precisa saber da participação dele. Se os bandidos falarem, azar.

No dia seguinte, na folga do plantão, Milton e Roque foram até a transportadora e se apresentaram na guarita. Não foi fácil entrar, mesmo com as carteiras de federais: portas de aço, detectores de metais, câmaras, homens armados de escopetas. Deixaram as pistolas na portaria e foram escoltados até o escritório do chefe da segurança.

O homem parecia um ex-militar: voz de comando, cabelo à escovinha, fisionomia dura, corpo musculoso.

— Coronel Rodolfo, em que posso ajudar?

Milton e Roque explicaram que, no curso de uma investigação, descobriram que o assaltante Vadão preparava um golpe para o dia 27 contra aquela transportadora. Estavam ali para avisar.

O coronel Rodolfo passara a vida escondendo emoções. Disse formalmente:

— Muito obrigado, rapazes. Em geral esses bandidos infiltram um informante. Vocês sabem mais alguma coisa?

— Sim, o telefone de Vadão.

— Rapazes, agradeço muito a informação de vocês. Vou comunicar-me com a diretoria, que saberá agradecer a colaboração.

O coronel anotou o nome e o endereço dos agentes e se levantou. Num gesto de cortesia acompanhou-os até a saída. Só faltou bater continência.

— Desse mato não sai coelho.

— É, Milton, pelo menos livramos a cara do Freitas.

Dois dias depois os jornais anunciavam a prisão de Osvaldo Silva do Nascimento — Vadão — e de mais dois elementos.

Dias depois os mesmos jornais publicavam a notícia da prisão do ex-jogador João de Freitas por envolvimento numa tentativa de assalto. No caderno de esportes apareceram velhas fotos do Freitas com o uniforme do América. Um texto curto relembrou a contusão fatal para a carreira do craque.

Na casa do ex-jogador os policiais encontraram cinco quilos de maconha.

— Alô, Juça, tudo bem? Você soube? Bom, o caso está encerrado com a prisão do Freitas, legal? Dá pra mandar mais mil? Certo, anote o número da conta... Um abraço.

Para os agentes Milton e Roque ainda ocorreram dois fatos bons: o coronel escreveu uma bela carta de agradecimento ao chefe deles, que a juntou ao prontuário funcional dos dois, e a transportadora deu um relógio a cada um.

— Às vezes — comentou Roque — a luta contra o crime vale a pena.

Freitas passou algum tempo preso e perdeu o emprego na transportadora.

Ao saber desses fatos, Bruno Mendes ficou muito chateado. Sentiu-se culpado pela desgraça do ex-jogador. É claro que ele não queria acertar o Freitas daquele jeito e acabar com a carreira do outro, mas apenas matar a jogada, impedir o adversário de ir em direção ao gol com a bola no pé. O técnico recomendara: "Não afina não, Bruno". Exagerara.

Conversando com Lígia, a moça sugeriu que Bruno ajudasse Freitas sem que este soubesse. Bruno achou a ideia boa e pediu que a mãe dele visitasse a família do Freitas levando algum dinheiro. As mães acabaram se entendendo e, assim que Freitas saiu da prisão, foi trabalhar como porteiro no hotel de Bruno.

Não era como jogar no Flamengo, mas dava para sobreviver. Pena que houvesse tantos bares na proximidade do hotel.

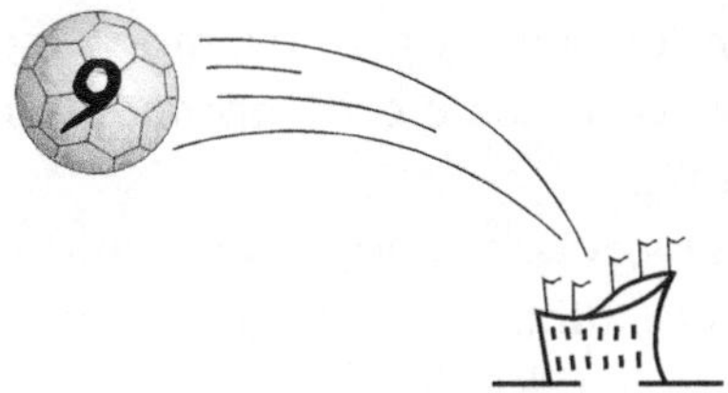

Bruno Silva precisava tomar dois ônibus para ir da Cohab Tiradentes até o Corinthians, mas a mãe não tinha dinheiro para isso. O jeito foi levar um saco e catar latas de alumínio para vender. Depois do treino saiu devagar, fez hora no banho, até que os colegas riquinhos fossem embora de carro com as mães e então subiu a rua São Jorge.

Depois de se afastar bem do estádio e pegar a avenida Celso Garcia, sempre que encontrava uma lata, dava-lhe uma pancada seca para amassá-la e a guardava no saco. Depois tomou a direita e, criando coragem, entrou num bar e recolheu quatro latinhas. Na porta do pronto-socorro do Tatuapé havia várias barracas de venda de cachorro-quente: mais latinhas para o saco. Discutiu com um morador de rua que também apanhava latinhas: “Chega pra lá, meu”.

Pediu pra tia da barraca pra lavar as mãos e comeu um cachorro-quente. Reconfortado, seguiu pela avenida Celso Garcia sem encontrar nada. Na praça da Biblioteca Municipal sim, muitas barraquinhas de comida e latinhas de refrigerante. As latinhas já cobriam o fundo do saco, mas não bastavam para o dinheiro da passagem.

Sempre de olho no chão, Bruno Silva subiu a rua Tuiuti até a praça Sílvio Romero. Lá havia muitas barraquinhas de comida, muita latinha e muito catador. Mesmo assim deu pra juntar mais de meio saco; agora sim dava para vender.

Quando subia ainda a rua Tuiuti rumo ao depósito para vender as latas, Bruno Silva viu um grupo de meninos na porta de uma loja de esportes. Ouviu que dois jogadores do Corinthians estavam dando autógrafos aos compradores e viu Bruno, seu xará, rodeado de gente, escrevendo. Foi depressa vender as latinhas e na volta ficou olhando.

Bruno Mendes saiu com uma moça morena, bonita, que olhava para todos os lados e o cumprimentou com um gesto. O menino ficou feliz.

— Que engraçado, Bruno, esse menino sempre aparece.

— É o da chuteira. É um bom menino. Vou dar-lhe uma força com o seu Reinaldo.

Subiram na caminhonete e foram para Anália Franco. Lígia divertia-se quando as pessoas reconheciam o jogador e faziam comentários sobre ele. Era agradável estar com um homem que chamava a atenção.

Bruno acionou o controle remoto e o portão se abriu. Na garagem, o jogador estacionou a caminhonete ao lado do luxuoso sedã alemão que recentemente comprara.

Enquanto estavam na garagem, o interfone tocou. Era o porteiro avisando que havia uma encomenda para Bruno. Eles dirigiram-se então para a portaria.

Todos os sinais de alarme da mente de Lígia dispararam ao mesmo tempo. Ouviu a voz rouca do velho professor Carlos Leão. "Desconfiem sempre de pacotes, podem ser a famosa carta-bomba."

— Ponha a caixa na mesa e se afaste. Venha cá.

O porteiro demorou a entender, ficou parado com cara de bobo.

— Ponha a caixa sobre a mesa e venha para cá.

Assustado, o porteiro obedeceu e deixou a guarita.

— Bruno, você esperava uma encomenda?

— Não, mas sempre mandam coisas para mim, chuteiras, presentes...

— Como chegou essa encomenda, seu Severino? — perguntou Lígia.

— Foi um motoqueiro que entregou.

— Ele tirou o capacete?

— Não.

— O senhor assinou algum papel, um recibo?

— Não, senhora.

— Meu Deus, que loucura! — disse Bruno.

Pela janela da guarita, olhou o pacote sobre a mesa. Tinha o tamanho de uma caixa de sapatos, embrulhada para presente. Havia uma decisão grave que Lígia precisava tomar.

— Seu Severino, a caixa é pesada?

— Não, senhora, é uma caixa leve.

— Deve ser uma chuteira — insistiu Bruno.

— Não há recibo. O senhor conhecia o motoqueiro?

— Não, senhora, achei a moto diferente, a roda grande.

— Bruno, como responsável pela sua segurança, vou chamar a polícia.

— Se você acha... — respondeu o jogador.

Lígia discou 190, identificou-se como policial federal e explicou a história do pacote e das ameaças. A atendente transferiu a ligação para o capitão Ranicci. Lígia repetiu a explicação.

— Mandarei o GATE*, mantenha a área isolada — ordenou o capitão.

Mal Lígia desligou o telefone apareceu uma moradora. Era uma loira falsa, de meia-idade, de calça branca e blusa rosa, e carregadinha de joias. Ignorou Bruno e Lígia e foi furiosa para cima de Severino.

— Você não ouviu eu te chamar?

— Minha senhora — adiantou-se Lígia —, infelizmente a senhora precisa sair daqui.

— Quem é você para falar assim comigo? Sou...

— Eu sou agente da Polícia Federal.

— E daí, meu marido é industrial e o apartamento é meu. Eu chamo meu marido.

— A senhora está vendo o pacote na guarita? Tem uma bomba dentro dele. Se a senhora quiser chamar seu marido...

— Eu não acredito, uma bomba!

— Pode explodir a qualquer momento.

Só então a falsa loura se deu conta do perigo. Sem dizer uma palavra saiu rápido, pisando duro, e desapareceu no eleva-

* GATE: **G**rupo de **A**ções **T**áticas e **E**speciais da Polícia Militar.

dor. Dois minutos depois partia num carro importado, levando um cachorrinho branco.

— Ainda bem que essa perua não avisou ninguém do prédio. Seria difícil lidar com uma situação de pânico.

Logo encostou uma radiopatrulha e mais outra. O tráfego na rua foi interrompido, a área isolada.

Com a chegada da polícia, Lígia achou melhor que Bruno subisse.

A presença da polícia atraiu curiosos, e um helicóptero de uma rede de televisão voava sobre o prédio. Junto com as viaturas do GATE chegaram os carros da televisão e dos jornais. Atrás do cordão de isolamento uma multidão nascida do nada espiava. Boatos corriam: "Foi assalto e os bandidos fizeram reféns". "Estão com o revólver na cabeça da criança. A mulher

está nua. Eu vi, são três." Um senhor gordo garantia: "Estão prendendo um traficante que mora na cobertura". "É o juiz foragido. A Polícia Federal que descobriu", garantia outro senhor.

O pessoal do GATE examinou o pacote com um detector de metais sem tocá-lo. Havia muito metal no pacote. Depois passaram nele um aparelho de ultrassom.

Na tela, apareceu o interior da caixa: duas pilhas grandes, um pacote de pólvora, muitos pregos pequenos e um detonador. Quando a tampa se abrisse, as pilhas entrariam em contato. Os especialistas concluíram ser uma bomba muito simples que podia ser facilmente desarmada. Bastava abrir um buraco na lateral da caixa de sapatos e por ali desativar o engenho.

O policial do GATE, com luvas, colete à prova de balas, capacete e máscara, entrou na guarita, calçou a caixa e passou um cortador na lateral, abrindo uma janela para a bomba. Examinou cuidadosamente o engenho: a pólvora negra, as duas pilhas, o detonador, os preguinhos — requinte de maldade — e com um alicate cortou o fio que ligava o detonador, as pilhas e a pólvora. Não era mais uma bomba.

Os policiais do GATE recolheram seus equipamentos e partiram. Todo o circo que se armara na rua desapareceu. As pessoas foram para casa levando uma boa história para contar na hora do jantar.

No apartamento de Bruno o telefone não parava de tocar.

As emissoras de rádio transmitiram a notícia e muita gente queria falar com ele. Lígia triava as ligações.

O próprio presidente do Corinthians falou com ele tentando tranquilizá-lo. Garantiu que o jogador teria todo o apoio do clube e quantos seguranças fossem necessários.

Às oito horas Bruno e Lígia assistiram à reportagem pela televisão. O prédio visto do alto, a polícia chegando, o povo reunido, as declarações do comandante da operação.

A reportagem terminava assim: "Agora só resta descobrir quem mandou a bomba para o jogador corintiano".

O outro Bruno chegou em casa bem na hora do noticiário.

O som da TV chegava a todos os pontos do pequeno apartamento. O menino saiu do banheiro segurando as calças para ver as cenas. Depois voltou ao sanitário para puxar a descarga e lavar as mãos.

— É arroz com ovo outra vez! Nem adianta reclamar — disse a mãe de mau humor. — É fim de mês e do dinheiro.

Bruno pensou: "Deixa comigo, mãe, você vai ver". Mas não falou, pois a mãe não estava para conversas.

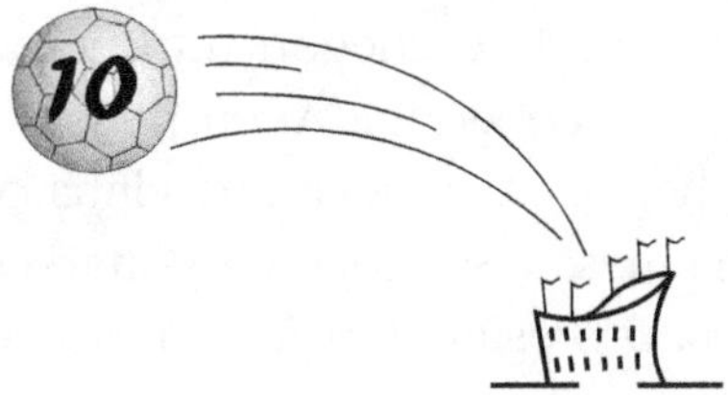

Onde de fato a bomba explodiu foi nos meios de comunicação: jornais, revistas, rádio e televisão. O Corinthians possui uma torcida imensa e apaixonada, e os jornalistas adoraram a história da bomba enviada ao jogador. Teriam assunto interessante por muito tempo, ouviriam peritos, imaginariam hipóteses, investigariam suspeitos, enfim um grande tema para ser explorado.

No dia seguinte liam-se as seguintes manchetes nos jornais: "Bomba no zagueiro do Timão". "Bruno Mendes ameaçado de morte." "Explosão mataria jogador."

O programa A Bola na TV convidou o psicólogo Antônio Canetti, que explicou:

— Hoje, o jogador de futebol ocupa um lugar importante na imaginação das pessoas. É uma espécie de deus. Rico, famoso, chega a ser amado e odiado. Para o autor do atentado o zagueiro do Corinthians representa o "outro", mas um outro totalmente diferente e ele, o autor do atentado, não sabe lidar com diferenças...

— O senhor traçaria um perfil do autor do atentado?

— Eu arriscaria um perfil aproximado assim: ele é muito diferente de Bruno, talvez o oposto... Branco... Sim, branco, não corintiano, mais moço do que Bruno, com dificuldade de relacionar-se com mulheres, violento, possivelmente líder de um grupo e sem projeto de vida definido, com certa habilidade manual.

— Ele atacaria novamente?

— Eu diria que sim...

— Obrigado, doutor Canetti, pela sua participação.

— Eu que agradeço...

Severino do Nascimento apareceu em todos os telejornais:

— Eu tava na portaria e chegou um motoqueiro com um pacote pro seu Bruno da cobertura. Aí eu peguei o pacote e quis dar pra ele quando chegou. Aí a moça que vinha com ele mandou eu deixar o pacote na mesa e sair logo da portaria e aí ela chamou a polícia. Sabe, né, não prestei atenção no motoqueiro. Tava de capacete. Foi a moça que salvou a gente.

Pronto! O repórter Carlos Tadeu percebeu um tema interessante.

— Seu Severino, o senhor conhece essa moça?

— Não, senhor, ela já esteve aqui com seu Bruno, mas eu não conheço não.

Assim Carlos Tadeu encerrou a reportagem. "Quem será a misteriosa moça que evitou a explosão?"

Enquanto isso a misteriosa morena carimbava passaportes no Aeroporto Internacional de Guarulhos, muito preocupada com a bomba e com as consequências do fato. Lígia não queria aparecer nos jornais como policial federal fazendo bico como segurança.

Mais uma vez a intuição a salvara. Ao ver a caixa, Bruno dissera: "É uma chuteira". Ela, porém, tivera a certeza de que ali estava um grande perigo e não tivera medo de arriscar-se ao ridículo. Resolveu telefonar para o zagueiro. Pela voz, Lígia percebeu que Bruno Mendes estava nervoso, apavorado. O homem que não temia as torcidas adversárias, o guerreiro das chuteiras, falava pouco, com voz tremida. Não fora treinar, estava em casa, rodeado por seguranças do clube. O Corinthians contratara um psicólogo.

Lígia tratou de acalmá-lo, prometendo uma visita, e desligou. O caso lhe parecera difícil desde o começo.

Não havia um inimigo claro que pudesse ser combatido. Algumas mensagens no computador, telefonemas idiotas deixados na secretária eletrônica e agora uma bomba entregue por um motoqueiro. Havia uma pista nesses acontecimentos?

Tentou telefonar outra vez para Bruno, mas estava ocupado. Quando conseguiu, perguntou se recebera alguma mensagem pessoalmente.

O jogador custou a entender.

— Você estava em casa quando as mensagens chegaram?

— Não — respondeu Bruno —, só quando houve o telefonema de madrugada.

Uma vaga ideia se formava na mente de Lígia.

Telefonou para o GATE e conversou com o chefe da equipe que desmontara a bomba:

— A bomba era de verdade, quer dizer, foi feita para explodir?

— Sim, embora fosse um artefato muito primitivo, poderia até matar. Os pregos a tornavam perigosa.

— E onde se aprende a fazer bombas, capitão?

— Por exemplo, na internet. A do caso Bruno era muito simples: duas pilhas, pólvora de fogos de artifício, um detonador e a caixa. Nenhuma armadilha para desarmar, mas era um fabricante esperto. Explodiria ao abrir-se a caixa.

Lígia agradeceu ao capitão e desligou.

Naquela hora não chegava nenhum voo e Lígia pensava até a cabeça doer no perfil do criminoso. Numa folha da agenda rascunhou:

"Jovem, adora futebol, tem computador, odeia o Corinthians, tem preconceito racial? É motoqueiro ou *motoboy* profissional?"

Lígia não se consolou com o perfil. Nele cabiam milhares de pessoas e ela não tinha um suspeito. Resolveu investigar os arredores do apartamento de Bruno. Alguém teria visto o motoqueiro? Também iria até o GATE e usaria todo o seu charme para ver o material da bomba. Mas tudo isso no dia seguinte, depois de uma boa noite de sono.

"Como essa rua é tranquila", pensou Lígia. "Há dois prédios altos e muitas casas antigas, até com jardim e árvores. Muita gente não imagina a existência de ruas assim nesta imensa cidade."

Meninos brincavam na calçada, um senhor passeava com um cão.

A agente parou o carro em frente ao prédio onde morava Bruno e atravessou a rua. Tocou a campainha e uma voz no interfone perguntou: "Quem é?".

Lígia chamou a pessoa e a voz disse que não queria comprar nada. Então ela informou que era da Polícia Federal e pediu sua colaboração.

Apareceu um homem de mais de sessenta anos com uma cadela vira-lata marrom, que latiu pra Lígia.

— Desculpe, mas quero ver seu documento.

Ao ver a carteira de Lígia, o homem ficou mais tranquilo. A cadela já balançava o rabo e ganhou um carinho. Era linda, tinha os olhos cor de avelã.

— Estou investigando o caso da bomba.

— Que horror! Moro aqui há trinta anos... Levei um susto!

— Por acaso o senhor viu o motoqueiro que entregou a bomba?

— A Tammy late para as motos e me chamou a atenção. Vi, sim.

— Como era o motoqueiro?

— Alto, gordo, nem tirou o capacete e deixou a moto ligada. Tinha outro de moto que ficou parado ali. Também forte, pesado.

— O senhor se lembra da moto?

— Essas de roda grande, vermelha; a moto do outro era igual.

— O senhor se lembra de mais algum detalhe?

— Sim, quando saíram, empinaram as motos.

Lígia sentiu vontade de beijar o homem. Nessa investigação esta era a primeira vitória.

Ela anotou na agenda as informações, agradeceu e despediu-se. O homem, porém, tinha ainda uma dúvida:

— A bomba era de verdade?

— Era sim, senhor.

— Meu Deus, que perigo! Não se tem sossego.

Lígia bateu em mais três casas, mas ninguém vira motoqueiro nenhum.

Voltou à portaria do prédio e subiu para contar as novidades ao Juça e ao Bruno.

Ao ouvir a descrição dos motoqueiros Juça comentou:

— Isso me cheira a torcida uniformizada. Essa empinada de moto é coisa de amador.

— É verdade — respondeu Lígia.

Ainda queria passar no GATE e ver a bomba.

Desceu a rua Itapura, entrou na Radial Leste, desceu para a avenida Salim Farah Maluf.

O GATE ficava na Marginal do rio Tietê, que nesse dia estava bem cheio e nele boiavam montes de lixo, garrafas de plásticos, animais mortos, produtos químicos e outros restos da civilização.

Lígia identificou-se com a sentinela, que lhe abriu o portão, e a moça estacionou no pátio.

O comandante do GATE tratou Lígia com a simpatia que a beleza dela merecia. Mostrou-lhe a bomba agora inofensiva: duas pilhas grandes, alguns fios, um saco de papel cheio de pólvora negra, a caixa de papelão e o papel.

Lígia, conhecedora do assunto, logo percebeu que o material da caixa dificilmente reteria digitais.

Havia, porém, um indício forte: a caixa guardara uma chuteira número quarenta e quatro, segundo a etiqueta do fabricante, e havia um número de série que Lígia anotou na agenda — 0132.926.

— As pilhas têm digitais?

— Ainda não examinamos — respondeu o comandante.

— O senhor me disse que há ensino de fabricação de bombas pela Internet?

— Você nem imagina. Outro dia descobri um *site* americano com a receita de uma bomba caseira com álcool gelificado. Um horror! Aquilo é capaz de queimar uma pessoa da cabeça aos pés. Tinha até duas armadilhas para quem fosse desmontar.

— Gostaria de saber por que as pessoas fazem isso.

— Maldade, a maldade humana não tem limite. Foi o que aprendi na polícia em vinte anos de trabalho.

Satisfeita com a descoberta, Lígia despediu-se do comandante e voltou lentamente para o Tatuapé pela Marginal congestionada.

Distraída, a moça olhava as margens do rio. Um capim alto e viçoso faria a alegria de qualquer cavalo. A pista da avenida esburacada obrigava a moça a constantes desvios. “Meu Deus”, pensou Lígia, “a cidade está abandonada”.

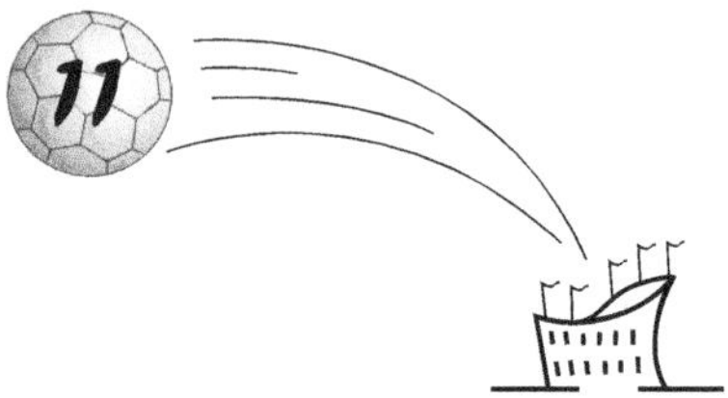

— Sou amigo do fabricante dessa chuteira. Vou com vocês. É aqui perto, no largo São José do Maranhão — disse Bruno aos agentes Lígia e Juscelino.

Eram duas horas da tarde e o trânsito nas ruas centrais do Tatuapé estava difícil, agravado pelo estilo de alguns motoristas que paravam em fila dupla, estacionavam na esquina e desrespeitavam os faróis. Fazia muito calor e as pessoas pareciam irritadas.

O carro importado de Bruno subiu o viaduto, desceu a rua Antônio de Barros, cruzou a avenida Celso Garcia e chegou até o largo São José do Maranhão, onde estacionou atrás da igreja. Um menino pediu para tomar conta.

Pela porta de vidro, a recepcionista reconheceu Bruno e veio abrir sorridente. O jogador deu três beijinhos na moça e apresentou seus amigos Juça e Lígia.

— Entrem e sentem-se, por favor, o senhor Milton não está. Vou chamar o senhor Milton César, filho dele.

O empresário veio logo, também sorridente. Era um homem jovem ainda, maior do que Juça ou Bruno. Conversaram um pouco; a recepcionista serviu água e café. Lígia então explicou o motivo da visita. Milton César respondeu que tinha essa informação no computador e foi buscá-la.

Em cinco minutos estava de volta:

— Esta chuteira foi vendida para uma loja de esportes na rua Turiaçu, aqui em São Paulo, há três meses.

A resposta espantou Lígia, Juça e Bruno. Na rua Turiaçu ficava a sede do super-rival do Corinthians, a Sociedade Esportiva Palmeiras. O endereço da loja explicava muita coisa. Milton César ofereceu uma chuteira ao jogador e uma camiseta da marca dele a cada agente. Também tirou uma fotografia com Bruno para colocar no painel ao lado dos outros craques. Toda a decoração do salão era feita por grandes fotografias de jogadores usando produtos da casa, formando uma galeria dos astros do esporte nacional.

No carro, já de volta, Bruno quis saber:

— Então caso resolvido?

— Que nada, Bruno, mesmo que a loja tenha o nome e o endereço do cara, isso não prova nada. Comprar chuteiras não é crime e qualquer advogado diria no tribunal: "Senhores jurados, meu cliente simplesmente jogou a caixa no lixo ou deu a caixa para um morador de rua...".

— Então nada feito — disse, desanimado, o jogador.

— Sabe, Bruno, uma investigação policial é como um jogo difícil, é decidida nos detalhes. Nós descobrimos que o cara comprou a chuteira e tem uma moto vermelha, puxamos na ficha dele uma história de violência nos estádios e...

— Vamos somando até chegarmos a provas razoavelmente concretas.

— Que trabalho difícil!

— É, Bruno, não se esqueça de que é um trabalho muito difícil — disse Juça com malícia na voz.

Podiam ficar tranquilos quanto a isso, aliás, ele estava organizando um jogo em Belo Horizonte, em benefício da família do João de Freitas, que passava dificuldades. Eles precisavam ir a Belo Horizonte com ele.

No dia seguinte, Juça e Lígia iriam trabalhar na Polícia Federal e deviam então aproveitar ainda aquele resto de tarde. Assim Bruno emprestou a caminhonete e foram até a loja na rua Turiaçu.

Juça adorou dirigir a caminhonete. Achou-a poderosa.

— Vou comprar uma, Li.

A moça ria da felicidade do amigo. Grandão daquele jeito parecia um menino que ganhara um brinquedo novo.

— Boa tarde, nós somos da Polícia Federal e precisamos de uma informação.

No fundo da pequena loja, o gerente se assustou, embora Juscelino falasse baixo para não chamar atenção.

— Boa tarde, se puder ajudar, estou às ordens.

— Precisamos saber quem comprou aqui uma chuteira quarenta e quatro, há mais ou menos três meses.

— É difícil.

— Um rapaz meio gordo, forte.

— Vem tanta gente o dia inteiro.

— Mas chuteira quarenta e quatro são poucas, sabemos também a marca.

— Vou olhar as notas.

"Onipresente computador", pensou Lígia, "maquininha que guarda todas as informações sempre. Não seria uma ameaça à nossa liberdade? O computador não esquece de nada, conserva a informação pelo resto da vida dos *chips*. A ditadura da tecnologia".

— Tá aqui, foi há quinze dias, na promoção. Pagou com três cheques pré-datados.

— Então, o nome?

— Marcos Dellarosa, rua...

— Maravilhoso. — Lígia anotou, na velha agenda, as informações.

O gerente se aproximou de Lígia até tocá-la no braço:

— Moça, já me lembrei de quem era: um cara fortão, falando muito palavrão, da torcida organizada. Tinha um distintivo do Palmeiras tatuado no braço. Uma figura. Eu realmente não gostaria de que ele soubesse...

— Fique tranquilo, protejo sempre meus informantes. A promoção ainda vale? Vi na vitrina um tênis que é uma gracinha. Veja um trinta e nove, por favor.

— Claro, sente-se, por favor, vou buscar. Pra senhora ainda faço um desconto.

Lígia levou o tênis e Juça brincou: “E mulher pode entrar em loja sem comprar?”.

Nas veias de Lígia a adrenalina corria forte. A policial sentia que dera um passo importante na direção certa, depois de quase um mês de chutes fora.

Deixando a caminhonete estacionada, Juça e Lígia caminharam pela calçada da rua Turiaçu. Ambulantes ofereciam camisas, bandeiras, toalhas de banho, canecas com as cores verde e branco. Nas bilheterias pequenas filas se formavam para a compra de ingressos para o próximo jogo.

Na calçada do outro lado, a antiga sede da torcida organizada estava fechada, lacrada por ordem da justiça. Os agentes atravessaram a rua, foram até o bar da esquina sem ver ninguém com a descrição do sujeito.

— É, Juça, seria sorte demais.

— Acho, Lígia, que por hoje chega de trabalho. Conheço um bar muito gostoso aqui perto.

— Agente Juscelino, sua ideia é magnífica. Por hoje, chega!

— Servem lá um camarão fritinho, uma casquinha de siri!

— E jogamos a nota na despesa.

— Com toda certeza, Lígia. Você é um gênio.

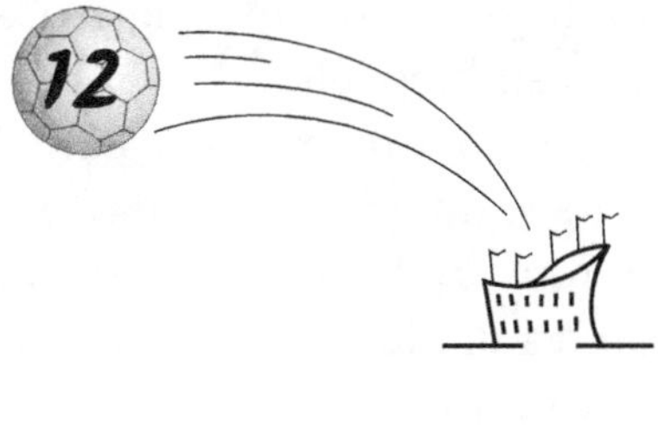

Lígia e Juça armaram a tocaia na rua Turiaçu.

O Palmeiras jogava com o Boca Juniors da Argentina e o Marcos Dellarosa não perderia uma partida assim. Um contato com a Civil fornecera uma velha foto do suspeito.

Já de posse das entradas Lígia e Juça ficaram por ali de olhos bem abertos vendo a massa de torcedores que chegava: casais de meia-idade, homens de terno vindos do trabalho, meninos de moletom, pais com filhos pela mão. Vinham alegres esperando uma bela vitória. O Palmeiras era favorito, vencera os últimos cinco jogos.

Lígia e Juça viram que, diante da antiga sede da torcida organizada, se formava um grupo de rapazes com bandeiras. Num canto um deles fazia um cigarro na mão encovada que, aceso, passou de boca em boca, entre os mais próximos.

Mais dois torcedores, vindos do lado da avenida Sumaré, se juntaram ao grupo. Um deles correspondia à descrição de Dellarosa. Alto, pesando mais ou menos cem quilos, pescoço grosso e um barrigão enorme. Vestia calça de moletom verde e uma camisa branca. O outro, vestido da mesma forma, era muito alto e magro e tinha o pescoço longo e fino. Misturaram-se ao grupo chamando a atenção com tapas nos braços e logo foram ao bar da esquina "tomar umas".

Assim, preparados, juntaram-se aos outros torcedores para entrar no estádio.

Foram revistados pela Polícia Militar e se dirigiram para a geral.

Lígia e Juça dividiram-se. O agente ficou na geral o mais próximo possível do grupo, enquanto Lígia observava do lado oposto com um poderoso binóculo.

Torcedor fanático do Cruzeiro de Belo Horizonte, Juça virou palmeirense por segurança e ficou quieto. A torcida gritava palavrões, urrava porque o Palmeiras não conseguia marcar. Marcos Dellarosa parecia um louco, saltando e esmurrando o ar.

Juça viu Dellarosa levar o mastro da bandeira à boca e dar um longo gole; o mastro passou de boca em boca e muitos beberam. Agora Dellarosa puxava o coro de burro para o treinador.

No campo o zagueiro argentino Adamo acertara o atacante Tomás bem na entrada da área. A torcida se calou. O meia Alexandre era famoso pelas cobranças de falta. Seu chute era venenoso e a bola fazia uma trajetória curva e obedientemente caía dentro do gol.

Foi o que aconteceu. Juça viu Dellarosa pular e abraçar os amigos enquanto berrava uma série de palavrões.

Do outro lado, pelas lentes do binóculo, Lígia também via Dellarosa pular. Subitamente o rapaz partiu correndo sobre os policiais que separavam a minúscula torcida argentina dos palmeirenses. Um gigantesco policial militar acertou-lhe uma borrachada que o atirou para trás. Dellarosa atacou outra vez e levou nova pancada. Dessa vez desistiu e voltou para o meio do grupo.

"Meu Deus", pensou Lígia, "esse cara está anestesiado".

O juiz apitou o final do primeiro tempo e as duas equipes deixaram o campo. Dellarosa e o amigo foram ao banheiro. Juça os seguiu e depois foi comprar um refrigerante.

Quando passou pelo agente, Dellarosa lançou um olhar cheio de ódio e provocação. Juça logo pensou: "Você não gosta de gente morena, seu animal". Juça não encarou Dellarosa; não faltaria ocasião para um acerto de contas.

Em volta de Lígia havia paz. A moça comprou um sorvete de limão. Muitas crianças assistiam ao jogo com os pais. Lígia sentiu um clima de festa, de alegria, de vitória, que não combinava com Dellarosa e seus amigos. Era um mundo diferente, as pessoas se divertiam.

No segundo tempo, o Palmeiras dominou o jogo com facilidade. Aos treze minutos Alexandre lançou pelo alto. Tomás venceu o pesado zagueiro Adamo na corrida e encobriu o goleiro Domingues.

Lígia achou a jogada linda e comemorou. Ela sabia apreciar uma jogada bonita, mesmo de uma equipe rival.

Desesperados, os argentinos passaram a atacar e o goleiro palmeirense Oberdan fez três defesas quase impossíveis e o lateral Djalma salvou uma bola sobre a linha do gol.

Mas o Palmeiras dominou novamente o jogo e comandado por Ademir passou a tocar a bola de pé em pé, gastando o tempo de jogo. Dellarosa e sua turma, felizes, gritavam olé.

Na saída, Juça os seguiu a certa distância. Era fácil porque os dois se destacavam na massa pelo tamanho. Pelo celular Juça chamou Lígia e juntos viram Dellarosa e amigos fumarem mais um cigarro feito na mão e tomarem mais bebida. Depois despediram-se e foram até o posto da esquina, onde subiram em uma motocicleta vermelha e partiram rumo à cidade. Por pura sorte, o carro dos agentes estava próximo e eles seguiram a dupla.

Naquela hora o Minhocão* estava fechado e todos seguiram sob ele, onde dormiam muitos moradores de rua. De repente, a moto se deteve e Dellarosa se aproximou de um deles, urinando sobre o homem que dormia. Quando este tentou se levantar, o rapaz deu-lhe um pontapé e voltou rindo para a moto, que partiu em alta velocidade.

Possessa, Lígia teve vontade de esmagar com o carro aqueles... aqueles animais. Juça observou:

— Deixa, Li, uma hora a gente pega esse sujeito.

*Via elevada de São Paulo que liga o centro à zona oeste.

Sempre seguida pelos agentes a moto tomou a Radial Leste, virou à direita na rua dos Trilhos e depois subiu a avenida Paes de Barros, parando em frente a uma porta de ferro onde se lia: Mecânica Dellarosa.

Lígia e Juça passaram direto, enquanto Dellarosa erguia a porta de ferro para guardar a motocicleta.

Para Juça e Lígia um longo dia de trabalho terminara.

Tinham conhecido o inimigo e formado um retrato dele. Restava provar que Marcos Dellarosa era o autor das ameaças e o fabricante da bomba. Dessa forma evitariam que Bruno Mendes sofresse algum mal.

Sozinha no quarto, Lígia sentiu grande raiva de Dellarosa.

Que tipo mais asqueroso! Humilhar daquela maneira um morador de rua. Não bastava ao pobre seus problemas e sua miséria?

Lígia sentia orgulho de nunca ter batido num preso em quatro anos de Polícia Federal. Marcos Dellarosa estava lhe dando vontade de mudar de ideia.

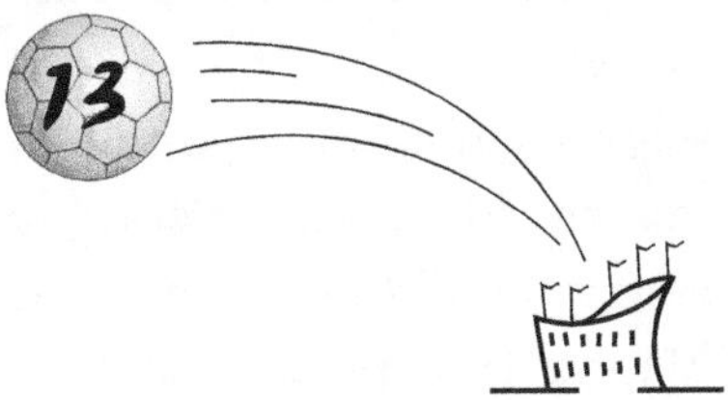

Fazia um belo sol e o céu exibia orgulhoso um azul perfeito. No Centro Municipal Sampaio Moreira acontecia um festival de futebol organizado por uma loja de esportes.

Convidados pelo dono da loja, Bruno Mendes e Luizinho apareceram para entregar os troféus aos vencedores. O Corinthians jogara no sábado e assim os jogadores estavam de folga no domingo. Lígia e Juça foram também, além dos seguranças do clube. Anderson convidou-se.

Ficaram para a final o Tiradentes e a equipe do Magno Transportes. No Tiradentes dois jogadores se destacavam: o zagueiro central, um menino negro, alto e forte, e um atacante também negro, com grande habilidade nos dois pés. Ele abusava um pouco, passando os pés sobre a bola e fazendo fintas rápidas que provocavam faltas dos adversários. Na cobrança de uma dessas faltas fez um gol.

Quando o zagueiro central dominou a bola no peito e arrancou para o campo adversário, Bruno Mendes o reconheceu:

— É o menino da chuteira, o meu xará, o Bruno Silva.

— Você o conhece? — perguntou o senhor Carlos, dono do Magno Transportes.

— Conheço sim, ele treina no Corinthians e bate um bolão. É um menino pobre, esforçado, de boa cabeça.

— Acho que vou chamá-lo para o meu time.

— É um bom jogador, seu Carlos. Tem um grande futuro.

Enquanto isso, Bruno Silva, da entrada da área, chutava forte e acertava a trave.

Seu Carlos Magno sentia uma grande paixão pelo futebol. Homem rico, com os filhos já criados e trabalhando na empresa, dedicava-se ao futebol e gastava até um bom dinheiro com a equipe do Magno Transportes Futebol Clube, sua grande paixão.

Ao final do jogo, depois de entregar o troféu ao Tiradentes, seu Carlos chamou os dois destaques do jogo para conversar. Queria saber se gostariam de jogar no time dele. Pagaria duzentos reais por jogo, além de cuidados médicos e dentários. Como jogavam no Corinthians não precisariam treinar. Geralmente o Magno Transportes jogava de quarta-feira à noite.

Bruno Silva mal acreditava no que o homem dizia. Duzentos paus por jogo. Sentia vontade de pular. O amigo Harley, mais prático, pediu algum por conta. Seu Carlos deu a cada um cinquenta reais e um cartão para fazerem contato durante a semana e acrescentou:

— No meu time não quero nem birita, nem bagulho. Cigarro tira o fôlego.

— Sim, senhor, com certeza. A gente sabe que faz mal.

No velho ônibus do seu Nicolau, na longa viagem de volta até a Cohab Tiradentes, Bruno Silva não cantou nem batucou. Não precisava. Sentia que uma luz poderosa brilhava nele. Duzentos reais por jogo. Não precisaria catar latas nem fazer outros trabalhos. Poderia treinar todos os dias sem faltar na escola. Com a mão no bolso, Bruno alisava as cinco notas de dez.

O velho ônibus do seu Nicolau — o buzão do Tiradentes — se arrastava pela zona leste, quente e barulhento, soltando fumaça preta, mas Bruno Silva, encantado, viajava para a Espanha para jogar no Barcelona e ganhar muito dinheiro.

Quando finalmente o ônibus chegou à Cohab Tiradentes e os jogadores desceram — alguns já meio bêbados —, Bruno correu até o açougue e comprou um quilo de bife para agradar dona Ana. Contou a novidade tão atrapalhado que da primeira vez a mãe não entendeu. Não tinha importância, Bruno Silva não falaria em outro assunto durante a semana inteira: "Sabe, seu Carlos me chamou...".

Naquele pequeno apartamento fazia um bom tempo que não se comia um bife. Dona Ana temperou-os com sal, pimenta-do-reino e alho e fritou todos, afinal era um dia muito especial. Também fritou ovos.

Bruno encheu bem o prato de macarrão, jogou os ovos em cima e pegou dois bifes. Enquanto comia, falava de boca cheia das jogadas da manhã, da amizade de Bruno Mendes e de um futuro maravilhoso, quando ele fosse um jogador famoso e não morasse mais ali. "Cê vai ver, mãe."

Depois, com o corpo cansado, deitou-se no beliche de cima pensando na namorada do Bruno Mendes. Era a mulher mais linda do mundo!

Para os boleiros os domingos sem trabalho são raros. Quando aparece um, é preciso aproveitá-lo. Bruno Mendes marcara um churrasco na cobertura. Embora mineiro, o zagueiro gostava de fazer e de comer um bom churrasco à gaúcha.

Quando chegou com Luizinho, Lígia e Anderson, Bruno foi logo acendendo a churrasqueira de um jeito tradicional: misturando casca de laranja seca ao sol no carvão e jogando álcool. Logo o carvão ardia.

Bruno colocou sobre a grelha alta duas picanhas, umas costelas de porco, dois cupins, vários pedaços de capa de filé com alho, tudo envolto em papel alumínio. Na grelha baixa pôs para assar dois quilos de linguiça grossa e apanhou várias cervejas. Teoricamente jogador não bebe, mas...

E os convidados foram chegando: Montalvan, zagueiro argentino do São Paulo, Cláudio, atacante do Corinthians, Tomás e Alex do Palmeiras, Homero, companheiro de zaga de Bruno, César, goleiro da Portuguesa.

Anderson, surpreso, percebia que eles eram todos amigos.

Pareciam uniformizados: grossos cordões de ouro com cruzes e medalhas penduradas, cronômetros no pulso, *jeans*, camisetas e tênis de marcas famosas.

Os jogadores chegavam com as esposas e filhos e educadamente cumprimentavam a todos, aceitavam uma lata de cerveja e ficavam conversando e beliscando linguiça e queijo assado que as empregadas serviam.

A vontade de Anderson era ouvir a conversa, pedir autógrafos, mas Lígia o advertira: "Não vá dar uma de fã, tá?". Bruno, entretanto, vendo o garoto sozinho, foi buscá-lo: "Venha cá, vou te apresentar uns amigos". Assim Anderson ficou na rodinha dos craques, que naquele momento falavam sobre automóveis.

As mulheres deles formavam outro grupo, no qual Bruno colocou Lígia: "Essa é minha namorada". A moça desmentiu: "É brincadeira dele". Lígia achou as mulheres parecidas: todas muito loiras de longos cabelos, cheias de joias, vestidas com roupas caras, de marcas famosas. Falavam com malícia dos seus treinadores pessoais, de regimes, plásticas, artistas e empregadas. Tímida, Lígia ficou calada.

Alejandra, esposa do jogador argentino, puxou conversa com Lígia:

— O que você faz?

— Sou policial federal...

— Hum... Que interessante...

Várias picanhas e cervejas depois, na volta para casa, Anderson tomou a palavra:

— Maninha, você precisa de mim, sou indispensável ao sucesso do seu trabalho.

— Por quê, modestíssimo irmão?

— Porque todos os seus amigos são muito velhos para entrarem para a gangue de Dellarosa. Juça é um ancião, Edu tem cara de pai de família e assim você só pode contar com seu irmão Anderson Luís, o único que tem idade para entrar para essa perigosa gangue de terroristas esportivos.

— Só porque você quer.

— Você vê outra solução, maninha?

Lígia pensou bem e viu que o irmão tinha razão.

— Mas é perigoso.

— Viver é perigoso, irmãzinha.

E Anderson apresentou o plano que bolara durante o churrasco.

No próximo domingo o Palmeiras jogaria contra o Botafogo, no Parque Antártica, e seria uma boa ocasião para que Marcos Dellarosa e Anderson se conhecessem.

Anderson explicou seu plano e Lígia concordou que era inteligente e seguro.

Naturalmente Juça e Lígia tomaram algumas providências junto ao chefe do policiamento, o capitão Cássio, e assim, logo que Dellarosa apontou na rua Turiaçu, vários policiais militares o cercaram e o prenderam depois de verificarem que o mastro da bandeira estava cheio de pinga. Um dos soldados ainda lembrou que Dellarosa era arruaceiro e velho freguês da polícia: "Esse é barra-pesada".

No chiqueirinho Dellarosa viu a turma de sempre: bêbados, arruaceiros, briguentos, portadores de drogas; alguns já eram seus conhecidos. Minutos depois um soldado jogou com violência um cara que gritava: "Sô de menor, sô de menor, pô". Era alto e magro, cabelo avermelhado e nariz grande. Uma camisa verde, número dez, moletom e tênis o identificaram como palmeirense.

Dellarosa interessou-se pelo caso e o cara explicou que trazia uma bomba para detonar próximo do ônibus do Botafogo, "só para assustar a caipirada". Dellarosa sentiu grande afinidade por aquele garoto de cabelo avermelhado e começaram a conversar trocando ideias simples: corintiano era tudo "bundão", tinham que dar porrada neles e até jogar bomba, coisa muito fácil de fazer. O menino contou que vira aquele filme de Tommy Lee Jones seis vezes. Marcos não sabia quem era Tommy Lee Jones e ficou calado.

Anderson falou em pilha, em geleia de álcool, em pólvora. Dellarosa só ouvia, calado.

Lá de fora gritos informavam que o Palmeiras marcara o primeiro gol. Dellarosa falou meia dúzia de palavrões para a Polícia Militar; Anderson o imitou.

O Palmeiras venceu por três a zero. Muito depois do jogo os presos foram levados para o Distrito das Perdizes. Dellarosa assinou um boletim de ocorrência e foi solto. Maria do Carmo, uma amiga de Lígia, fazendo o papel de mãe de Anderson, foi buscá-lo. Para dar mais realismo ao papel deu-lhe um tapa na orelha e uma grande bronca; Maria do Carmo disse também um desaforo a Dellarosa como se ele fosse amigo do "filho" e responsável pela prisão.

O irmão de Lígia já passara o telefone e o endereço eletrônico para o outro. Marcos Dellarosa voltou para a Turiaçu para encontrar os colegas e pegar a moto. Achara aquele moleque meio bobão, mas aproveitável.

No bar, os amigos lhe tiraram o maior barato, mas não incomodou-se: estava orgulhoso da prisão, coisa de macho. Tomou várias cervejas.

Anderson estava entusiasmado com a missão que Lígia lhe confiara. Maria do Carmo lhe recomendava cuidado e o menino lhe respondia: "Não esquenta". "Se eles desconfiam que você é corintiano e espião da Polícia Federal vão te massacrar", dizia Maria do Carmo. Mas o medo de Anderson era outro. Que a mãe dele descobrisse sua participação naquela história.

De volta ao Tatuapé, Anderson ouviu de Lígia as principais jogadas de Palmeiras e Botafogo para comentar com a mãe, dona Cida, e foi para casa. No entanto a mãe tinha saído e ele não precisou inventar nada.

Não fora sem muitas dúvidas que Lígia recorrera ao irmão. Pensara inclusive em contratar o menino Bruno Silva e seu amigo Harley, porém os dois não possuíam computador, e bomba para eles era chute forte. Além disso Dellarosa parecia racista e os garotos eram pobres, e a turma não os aceitaria.

Juça e ela estariam sempre perto para proteger o irmão, pelo menos ela pensava assim. Cansada, Lígia percebeu que tivera um longo dia, um belo domingo. Pela manhã o festival de futebol, almoçara com Bruno Mendes e Juça, e fora ao Parque Antártica aprontar com Dellarosa. Como gostava de enganar bandido! Era como um jogo: ir pouco a pouco ganhando a confiança do adversário para derrotá-lo.

Nervosa, Lígia adormeceu com dificuldade.

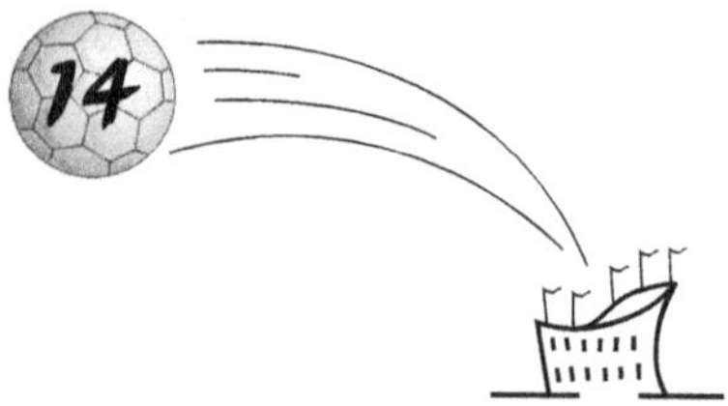

A vida de Bruno Silva melhorou rapidamente. Com o dinheiro da transportadora ia ao treino no Parque São Jorge, ajudava a mãe nas despesas da casa e ainda sobrava um pouco para comprar algumas roupas.

Bruno logo mostrou ser o melhor jogador do Carlos Magno. Alto — longilíneo, diria um professor de Ciências —, acertou a defesa da transportadora. Sempre que possível saía jogando com a bola dominada. Tinha uma ligação futebolística muito forte com Harley.

Quando a equipe do Carlos Magno era atacada, Harley recuava até a intermediária e Bruno, assim que roubava a bola dos adversários, lhe entregava.

Era uma jogada fatal para os adversários, um contra-ataque mortal. Harley, muito rápido, vinha para o campo adversário e lançava André Luís, ex-profissional, dono de chute poderoso e colocado. Gol. Além disso Bruno batia faltas com muita força e nos escanteios fazia gols de cabeça. Harley jogava com inteligência, dava ritmo ao time.

Seu Carlos, todo orgulhoso, dizia aos amigos: "Meu time não perde mais. Quer saber? Estamos invictos há dez jogos". E presenteava Bruno e Harley. Depois dos jogos noturnos, durante a semana, eles dormiam nas acomodações da transportadora e muitas vezes, no dia seguinte, seu Carlos mandava uma perua levá-los ao Corinthians. Tratamento de primeira para os craques da equipe.

O menino Bruno Silva sentia-se mais confiante. Via o futuro com bons olhos: seria um profissional do futebol, ganharia muito dinheiro, jogaria na Europa.

Quase não ficava na Cohab e os velhos amigos reclamavam, mas não dava tempo. Rose, a namorada dele, chorava e sentia que ele se afastava dela. Os treinos no Corinthians, os jogos pela transportadora, a escola. Eram muitas as atividades e responsabilidades. Seu Carlos fazia questão da escola, cobrava mesmo. Além disso, quando sobrava um tempo, Bruno e Harley corriam dez ou doze quilômetros. As pernas deles estavam firmes e musculosas, tinham um preparo físico exemplar. Reinaldo, técnico do juvenil, insistia muito. Nem bebida, nem cigarro, nem droga: "Não tem lugar no meu time".

Quando estavam no ônibus da Cohab a caminho do Parque São Jorge, Bruno Silva pensava como seria gostoso ir treinar de caminhonete. O ônibus cheirava mal. Muitos passageiros não tomavam banho, outros levantavam em cima da hora e deixavam para ir ao banheiro no serviço... Das marmitas vinha um bafo de comida e pairava no ar uma estranha mistura de cheiros.

No inverno, as janelas ficavam fechadas por causa do vento frio. Bruno e Harley também brigavam e reclamavam do cheiro e depois desciam para apanhar outro ônibus, também sempre cheio, que os deixava na avenida Celso Garcia. Aí era só descerem a rua São Jorge e chegavam ao clube, onde corriam para o vestiário e tratavam de se preparar para o treino. Seu Reinaldo, ex-jogador e técnico atual dos juvenis, exigia pontualidade.

Nessa manhã, o treinador explicava que futebol era esporte coletivo e que no time dele ninguém prendia a bola e driblava sem necessidade. "Não é, Harley?"

O menino aceitou a bronca e abaixou a cabeça. Harley driblava muito bem para os dois lados e abusava um pouco para aparecer como o melhor da equipe.

No final da conversa o treinador segurou Bruno.

— Você está indo bem, garoto. Vou pedir sua inscrição na Federação.

Bruno abriu um largo sorriso.

— Outra coisa, toda bola que você pega você joga pro

dez. Hoje você sairá pelas laterais com o Pardal e o Wladimir. Entendeu? Nenhuma bola para o dez, certo?

— Sim, senhor.

Seu Reinaldo sentia grande simpatia por aquele negrão alto. Sabia reconhecer um jogador de talento. Se não se perdesse pelas companhias, pelas mulheres, pela bebida ou pelas drogas, Bruno Silva seria um zagueiro de seleção. Futebol não lhe faltava. Lembrava muito o jogo do Bruno Mendes, de quem parecia irmão mais moço ou filho.

Em seguida, seu Reinaldo comandou:

— Chega de moleza, vamos pro Piqueri, correr um pouco.

Seu Reinaldo tinha essa mania: o primeiro treino da semana era muito duro. Quem tivesse farreado na véspera sofria demais. E lá foram os juvenis correr no Piqueri, um grupo movido a sonhos e esperanças.

No parque, entre as alamedas, fizeram alongamento e depois iniciaram um trote. Com menos de doze quilômetros seu Reinaldo não se contentava.

Logo, duas meninas de calção e blusa curta chamaram a atenção dos rapazes. Elas corriam em sentido contrário ao dos jogadores e desta forma se cruzavam a cada volta e a

mais loirinha trocava um olhar com Bruno Silva. Embora fosse um menino bonito e fizesse sucesso com as meninas da Cohab, Bruno era muito tímido e ao encontrar o olhar da loirinha ficava mesmo sem graça, ainda mais que seu Reinaldo estava perto e vivia aconselhando os jogadores dele: "Cuidado com as meninas".

Bruno e Harley correram os doze quilômetros e depois mediram a pulsação: tudo normal, logo os batimentos cardíacos baixaram ao nível normal. Voltaram então caminhando ao Parque São Jorge para tomarem banho. Almoçaram bandejão: feijão, arroz, salada, carne e suco, e ficaram por ali matando tempo, esperando o treino da tarde.

Um verdadeiro desfile de carros novos indicou a presença dos profissionais: grandes caminhonetes de fabricação americana, sedãs alemães prateados brilhando ao sol, pequenos esportivos italianos, modelos japoneses da última geração, um pequeno salão do automóvel.

Os jogadores também desfilavam boas roupas, relógios de marca, tênis. Eram os reis do pedaço. Algumas moças sonhadoras esperavam pelos craques.

Bruno e Harley babavam:

— Um carro mais bonito do que o outro.

— Nenhum jogador titular tem carro nacional. Nacional só as "minas".

Os meninos do juvenil encantavam-se com o que lhes parecia o futuro: carrões, muitas namoradas, dinheiro e mais dinheiro, fama, glória. Sonhavam de olhos abertos.

Bruno Silva, então, adorava o xará Bruno Mendes.

Agora mesmo vira o zagueiro descer de um carrão cinza-prata, muito bem acompanhado de uma morena alta, de longas pernas e corpo bonito. O zagueiro vestia uma calça e uma camiseta de marca: "Logo vou comprar roupa igual para mim", pensou o menino.

Quando foi treinar no juvenil, procurou fazer como Bruno Mendes. Correndo do jeito dele, cobrindo a lateral esquerda, indo ao ataque com a bola dominada, cabeceando com os olhos bem abertos nas cobranças de escanteios da sua equipe. Dominou bem o Leonardo, centroavante da equipe adversária, e ainda fez um gol de cabeça.

O treinador Reinaldo, vendo o jogo do menino, pensou novamente: "Esse, se tiver cabeça, vai se dar bem no futebol".

Era um ex-quarto-zagueiro malandro como poucos e já vira muito menino bom de bola se perder no longo caminho entre o terrão do juvenil e a grama macia dos grandes estádios. Seu Reinaldo tinha planos para Bruno.

Depois que ele jogasse a taça São Paulo de juniores, era necessário emprestá-lo a uma equipe do interior para ganhar tarimba, experiência. Na volta entraria aos poucos na equipe principal. O Mendes estava mesmo de passagem pelo Corinthians, no próximo ano jogaria na Espanha. Já estava tudo acertado.

O meia também era bom, precisava de orientação, prendia muito a bola, queria aparecer. Além disso era meio malandro; não gostava de exercícios físicos e às vezes irritava o treinador com a mania de fintar o adversário mais do que o necessário. Era um bom jogador, porém precisava da atenção do treinador. Não tinha a disciplina do zagueiro.

O Parque São Jorge estava cheio de gente. Acabados os treinos, atletas de várias modalidades formavam rodinhas, conversavam. Os meninos batiam papo próximo do estacionamento dos jogadores. Para alguns deles, a volta seria uma longa viagem: Itaquera, Guaianazes, Moji, Ferraz ou mesmo atravessar a cidade até a Vila Nova Cachoeirinha, ou Santo Amaro, até chegarem a uma casa pobre, às vezes numa favela.

Depois seu Reinaldo pensou que haveria sempre uma longa fila de meninos correndo atrás de um lugar de jogador profissional de futebol e só poucos chegariam à equipe principal. Bruno o esperava na salinha todo sem jeito:

— Seu Reinaldo, será que posso faltar no treino amanhã?

— Mas por quê, meu filho?

— Amanhã tem prova de Matemática... Eu não queria faltar.

Seu Reinaldo demorou um pouco para responder.

— Tá, tudo bem, mas só amanhã...

— Muito obrigado, seu Reinaldo. O ano que vem, vou pra noite pra não atrapalhar...

Seu Reinaldo já assistira a esse filme tantas vezes. À medida que progrediam no futebol os meninos encontravam dificuldades em continuar os estudos. Quando conseguiam sucesso no mundo da bola, tudo bem, mas os que fracassavam — e eram a maioria — ficavam sem ofício e sem benefício. Acabavam em péssimos trabalhos.

Seu Reinaldo trancou a sala e partiu para Arujá, onde jogaria uma "pelada" com outros ex-jogadores num sítio e depois encararia um churrasquinho com muita cerveja junto com outros antigos jogadores.

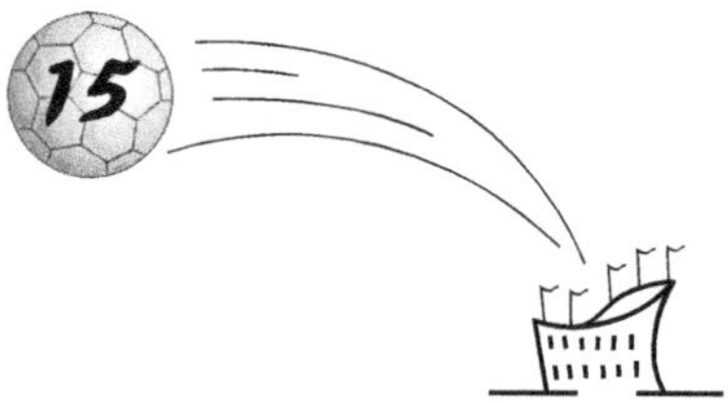

Anderson não conseguia tirar os olhos da imensa loura nua segurando um pneu que decorava a oficina de Marcos Dellarosa. Havia ainda distintivos do Palmeiras, fotos de jogadores e equipes de verde e branco de várias épocas, inclusive muitas antigas. Era talvez o único ponto agradável daquele espaço cheio de motocicletas semidesmontadas, peças amontoadas pelos cantos. O ar cheirava a graxa, gasolina e escapamento. O chão exibia uma cor preta intensa formada por manchas antigas de óleo e graxa. Imenso, Dellarosa movia-se com desenvoltura entre motos e peças. Vestia um *jeans* bem sujo e uma camiseta sem mangas que lhe deixava à vista os braços grossos e peludos, cheirava também a graxa e suor. Tatuara um distintivo do Palmeiras no braço.

Num primeiro momento o mecânico não reconheceu o irmão de Lígia. Quando este se identificou, ouviu um tudo legal sem entusiasmo. Anderson explicou que os freios da moto estavam ruins e Dellarosa, já interessado no serviço, mudou para um tom mais amigo. O menino então falou com entusiasmo do Palmeiras, pediu explicações sobre as fotografias. Isso soltou a língua do jovem mecânico, que falou com entusiasmo também de um tempo em que os jogadores tinham amor à camisa, não eram como os mercenários de agora que só pensavam em dinheiro.

Anderson o observava. O cara era grande mesmo e muito forte. Braços, pernas e pescoço grossos. A cabeça raspada parecia uma arma e o rosto com poucos fios de barba parecia tenso.

Nos olhos de Dellarosa, o irmão de Lígia viu uma energia maligna, sentiu que estava diante de um cara perigoso.

Havia no mecânico uma mistura de muita força física e quase nenhum equilíbrio emocional. Enquanto examinava a moto dizia "a * da pastilha tá * mesmo". Dois palavrões em sete palavras.

Anderson perguntou se era possível fazer o serviço na hora.

Com mais dois palavrões Dellarosa prometeu para o dia seguinte. Combinaram o preço e o outro se foi. Que alívio!

A oficina de Dellarosa ficava numa rua sossegada da Mooca, próxima à avenida Paes de Barros, e o menino resolveu subir até ela para tomar um táxi por conta da irmã. Achou gostoso chegar de táxi em casa.

Encontrou Lígia preocupada, disparando perguntas. Como foi? Ele desconfiou? Pegou o serviço? Como é a oficina? Ele desconfiou de você? Fez cara feia?

Anderson acalmou a "irmãzinha", que o fez prometer que ao primeiro sinal de perigo largaria o plano. O menino mentia, não deixaria aquela aventura por nada. Estava adorando fazer o grandão de bobo. Era como ser artista de cinema.

No fim da tarde do dia seguinte, Anderson foi buscar a moto. Na oficina estavam três amigos de Marcos com quem Anderson procurou estabelecer conversa. Falaram de futebol e Anderson afirmou que gostaria de ir com eles ao estádio para aprontar todas. Do fundo da oficina chegavam latidos de cão feroz. Marcos falou com orgulho dos *pit bulls* dele, capazes de matar "um cara de tanto morder."

Então a conversa ficou em cachorro bravo e Anderson inventou na hora que chutara um cachorro da Polícia Militar num jogo no Pacaembu. Cada um dos amigos de Marcos tinha uma história de briga com a Polícia Militar e a conversa ganhou entusiasmo. Fizeram uma vaquinha e trouxeram da venda próxima umas latinhas de cerveja. Sob o efeito da bebida sentiram-se velhos amigos.

Anderson enfrentara um jogo delicado. Marcos, Magrão, Bessaca e Geleia bebiam muito e o menino precisava acompanhá-los para ganhar a confiança dos outros.

Quando Anderson recusou a terceira latinha porque voltaria de moto, os outros quatro tiveram um ataque de riso.

Era legal sair alegre, curtindo o vento, meio de fogo.

Anderson aceitou mais essa latinha e tomou devagar.

Magrão contava uma briga no Rio de Janeiro: "Pô, meu, dei uma passada no negão! Mas o mais legal era mijar no copo e atirar nos outros". Bessaca e Geleia também contaram suas brigas. Marcos abaixou a porta da oficina e mostrou um estilete que fizera. Tinha uma lâmina de aço de uns doze centímetros afiada dos dois lados e terminando em ponta. Marcos disse que a esconderia na bota e que tinha sido feita especialmente para um corintiano.

Todos riram e Anderson tremeu por dentro. Ele era corintiano roxo, filho e irmão de corintianos.

Como Marcos, Bessaca, Geleia e Magrão buscassem mais cerveja, o garoto deu desculpas, pagou o conserto da moto e se foi.

Bessaca resumiu a opinião do grupo: "Moleque fresco esse".

Na moto, o vento refrescou as ideias e o corpo do espião.

Era preciso parar aqueles idiotas antes que machucassem ou até matassem alguém. O menino desceu a avenida Paes de Barros, virou à direita na Taquari e desceu a Tobias Barreto. Olhou à direita, o longo muro do cemitério da Quarta Parada significava para o menino a lembrança da primeira namorada, uma gótica muito louca que adorava namorar sobre as lajes de mármore dos túmulos. Ah! Natinha, Natinha...

Em casa, Lígia o esperava, desesperada. Depois de tanta cerveja, Anderson correu para o banheiro e escovou os dentes para disfarçar o cheiro na boca. No "forte" contou tudo em detalhes para Lígia, que estava muito nervosa.

— Pô, maninha, não esquenta. Tô fazendo o tipo panaca, levemente aloprado. Eles nem desconfiam...

— Maninho, não esqueça que são gente perigosa.

— Minha irmã é da Polícia Federal.

Lígia riu, na verdade sabia que o irmão era esperto e inteligente, mas tinha medo de que fosse descoberto e levasse uma surra. Dona Cida morreria falando na falta de juízo da menina Lígia em colocar o irmão em perigo.

— Veja, Anderson, se esses caras percebem o nosso jogo... você levará muita porrada.

— Ah...

— Vamos começar limpando as paredes do "forte", Anderson...

— Não, maninha, no meu quarto ninguém mexe.

— Meu querido, quando a gente se dispõe a entrar numa parada dessa não pode vacilar.

Lígia foi tirando o distintivo do Corinthians da parede, as fotos das equipes vencedoras.

— Mas, Li...

— Imagine que um dos seus novos amigos venha visitar você.

— Eles nem sabem onde eu moro.

— As camisas do Corinthians, mano.

O menino tinha uma verdadeira coleção: brancas, listradas, de treino, com os mais variados patrocinadores. Era possível escrever a história recente do clube ilustrada pela coleção de camisas do fanático torcedor. Lígia levou todas para o quarto dela, enquanto o irmão reclamava.

— Outra coisa, compre outra camisa do Palmeiras. De hoje em diante você é um palmeirense fanático. Decore o time campeão da Libertadores em 1999. Outra coisa, mano velho, pesquise na Internet o *site* do Palmeiras. Conheça os reservas, as novas contratações, a história do clube, os velhos jogadores. Assim você poderá enganar aqueles canalhas.

— Nunca pensei que fosse tão difícil ser agente secreto. Eu quase morri naquela derrota do Timão.

— Trata-se de profissão de alto risco, maninho, alto risco. Quero esse time bem sabido e quem fez os gols. Do ponto de vista do Palmeiras.

Lígia brincava sem saber que estava dizendo uma verdade. Grandes riscos esperavam o irmão.

No severo código do grupo de Dellarosa as faltas mais graves eram afinar na hora da briga e entregar um membro da turma.

A atividade de Anderson era infinitamente mais grave aos olhos daqueles canalhas e Lígia ficou muito preocupada com o envolvimento do irmão, mas agora não podia recuar.

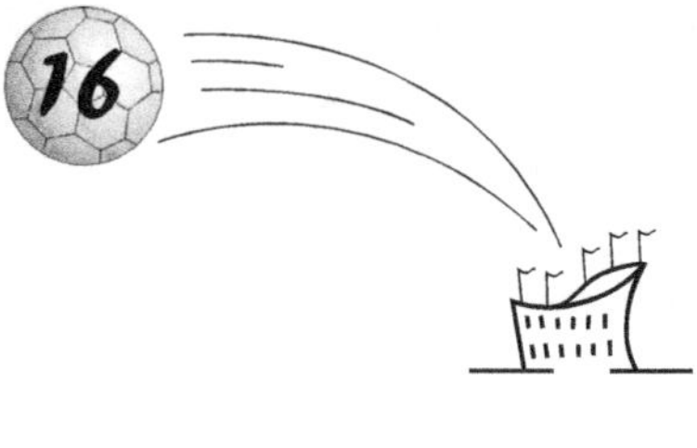

Ninguém, no Tatuapé, podia ver Anderson Luís Negrim vestindo a gloriosa camisa verde do Palmeiras.

Filho e neto de corintianos, descendente de espanhóis, era um torcedor fanático, roxo, doente, gozador nas vitórias e vítima nas derrotas do alvinegro do Parque. Como agora sair de casa vestido de verde para ir ao Parque Antártica assistir ao Palmeiras contra o ABC de Natal pela Copa do Brasil? A irmã tirou-lhe um barato: "Ah! Vou fotografar você e mandar pra escola". O jeito foi sair de camiseta branca e levar a verde para vestir no carro de Juça e depois misturar-se ao grupo de Dellarosa, na geral.

Com Juça no carro, o menino repassou o plano de ação: encontrar Marcos e a turma no estádio; assistir ao jogo ao lado deles e ganhar a confiança da turma; recolher todas as informações possíveis e ajudá-los a preparar uma bomba. Assim seria fácil processá-los e levá-los à justiça.

No jogo de hoje haveria pouca torcida e seria fácil encontrar Dellarosa e sua turma aparentemente por acaso e ganhar intimidade.

Juça estacionou nas proximidades do Parque Antártica, pagou a caixinha para o guardador de carros e, fazendo de conta que não conhecia o garoto, entrou na fila das sociais, enquanto o menino comprava ingresso para a geral.

O ambiente era de festa: os vendedores de bandeiras e camisas coloriam a noite; sorveteiros e pipoqueiros faziam bons negócios. Era o tipo de jogo pra levar menino pela primeira vez ao campo. E havia homens com crianças e até casais de namorados e um grupo de moças.

Anderson, com o ingresso na mão, tomou a esquerda para a geral e galgou os degraus de cimento. Era um belo espetáculo, a grama verdinha, plana, as torres com os refletores acesos. Até o céu de São Paulo, geralmente encoberto, colaborava com uma grande lua, cheia de luz, brilhando no céu sereno.

Anderson sentiu uma dor na orelha esquerda. Eram Bessaca e Magrão que o cumprimentavam: "E aí, meu, tudo limpo?". O jeito foi disfarçar a dor e levar na brincadeira.

Na conversa soube que Marcos não viria: "Estava trampando". O menino achou bom: Bessaca e Magrão pareciam mais ingênuos e fáceis de manejar do que Marcos. Ganharia rápido a confiança dos dois.

P
PALMEIR
10

Ao entrar em campo o árbitro foi vaiado e xingado, o Palmeiras ganhou palmas e gritos de entusiasmo. Os jogadores do ABC de Natal entraram olhando para os lados achando tudo novo e estranho. Os repórteres com microfones ou telefones entrevistavam os jogadores.

Mal começou o jogo e Kenedy, zagueiro do Natal, derrubou Tomás na entrada da área. Alexandre colocou de curva no ângulo formado pela trave. Gol. Bessaca e Magrão berraram, Anderson também. O placar se movimentou: Palmeiras 1 — Visitantes 0.

Na jogada seguinte, o zagueiro palmeirense Pereira chutou alto, para frente. O centroavante Tomás correu para a lateral esquerda, tentou dominar a bola, mas esta lhe escapou e saiu pela lateral do gramado.

Magrão e Bessaca ficaram possessos. Lembraram-se da mãe de Tomás, da cor do jogador, atribuíram-lhe doenças, vícios, hábitos sexuais. Tudo isso aos berros. Pareciam dois loucos. Cobrada a lateral, Alexandre lançou Botelho, que cruzou. Tomás, na marca de pênalti, cabeceou forte. Gol. Mais uma vez a pequena torcida explodiu em gritos de alegria. "Esse cara é um craque", concluíram Bessaca e Magrão.

Anderson, Bessaca e Magrão começaram e pular e a gritar. Anderson achava estranho gritar pelo Palmeiras, mas não havia outro jeito a não ser comemorar. No estádio praticamente só havia palmeirenses e era fácil juntar-se àquela massa humana que berrava cada vez que a bola entrava no gol.

Na verdade, o jogo parecia mais um treino. O Palmeiras marcou meia dúzia de gols no primeiro tempo e poderia até ter feito mais.

No segundo tempo, o Palmeiras se poupou, trocou vários jogadores e o jogo tornou-se difícil de assistir.

O irmão de Lígia queria falar da bomba, mas não sabia como. Só na rua teve a ideia de perguntar da internet. Eles usavam? Bessaca sim, Magrão não. Então Anderson disse que havia *sites* muito loucos de mulheres peladas e até um que dava receitas de bombas de napalm. Os outros não sabiam o que era napalm. Ele explicou que era uma bomba incendiária que fora usada na guerra do Vietnã, mas eles não sabiam nada sobre isso. "Nossa guerra", brincou Bessaca, "é com os corintiano, os santista, os são-paulino, esses *".

— Bom, um dia a gente joga uma bomba neles — disse Anderson.

Os três riram. Anderson então afirmou que queria fazer parte da turma deles. "Precisa ver se você é macho mesmo." E Magrão acrescentou: "Coisa pra macho". Sem saber o que dizer, Anderson calou-se e os outros prometeram falar com o Marcão: "Na nossa turma não tem fresco, não".

Separaram-se e Anderson foi até o carro de Juça pensando nas tais provas de macho. Precisaria brigar? Não gostava de briga, era sossegado, afinal nunca se sabe como vai terminar uma briga. Sentia medo e não gostava de bater nem de apanhar. As paradas dele eram resolvidas na conversa.

Juça já o esperava. O menino contou que ficara muito amigo dos caras torcendo pelo Palmeiras, que falara da bomba e que eles responderam que qualquer dia jogariam uma bomba nas outras torcidas. Calou-se quanto às provas de macho com medo que Juça contasse pra irmã.

— Aqueles caras são uns panacas, idiotas, umas bestas — respondeu Juça. — O futebol profissional é um espetáculo como o cinema, o teatro ou a televisão. Veja Bruno Mendes, cada vez mais rico, parece até que vai para a Espanha. Veja se Bruno pensa em jogar bomba nos adversários, em matar gente. Bruno pensa em ganhar dinheiro, em investir, em comprar fazendas... em enriquecer. Pena que não fui jogador, garoto. Panacas. Esse Dellarosa é o pior de todos, além de tudo é racista.

Ainda preocupado, o menino concordou.

Naquela hora da noite, o trânsito era bom: a Marginal vazia, a Salim Farah Maluf também. Logo Anderson descia na porta de casa. Dona Cida o esperava, Lígia estava de plantão. O rapaz tomou um longo banho e deitou-se. Custou a dormir, preocupado com as provas de macho. Podia desistir, mas não queria. Se aqueles bestas pensavam em assustá-lo, ele era muito macho. Se os outros aguentavam, ele aguentaria também.

Magrão e Bessaca voltaram de ônibus falando do jogo e fazendo bagunça. O encontro com o "fresquinho" lhes pareceu natural e sem importância: afinal o moleque era palmeirense.

No dia seguinte, quando encontraram com Marcos, não comentaram o encontro, falaram apenas sobre o jogo.

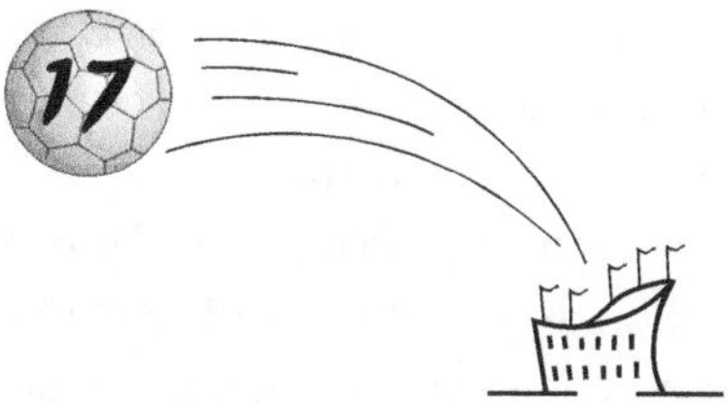

— Não, não, de jeito nenhum, não podemos fazer isso.

— Irmã, fale mais baixo, assim dona Cida escuta.

Lígia, furiosa, anda de cá pra lá, como fera enjaulada. Os dois irmãos estão no "forte" Anderson, já sem a decoração corintiana.

— De jeito nenhum, não somos assassinos.

Anderson voltara há pouco da oficina de Marcos Dellarosa, onde ouvira que para entrar na turma deles era preciso ser muito macho. Como na escola, seria submetido a um exame vestibular. A primeira prova eliminatória seria levar uma bomba para dentro do estádio no próximo jogo do Corinthians. Nada de bombinhas, coisa de mais de meio quilo de pólvora preta.

— Você já pensou, irmãozinho, que um maluco desses pode provocar uma tragédia, matar uma pessoa inocente? Mesmo que a bomba em si não acerte ninguém, o que é quase impossível num estádio cheio, pode gerar pânico, um estouro na multidão, provocando mortes e ferimentos. Lembra-se daquela tragédia na Holanda ou na Bélgica, sei lá. Não podemos fazer isso.

— Então, mana, não fazemos e eu não apareço mais lá, fico com fama de covarde, enfio o rabo no meio das pernas, abandono a profissão de detetive e você bola outro plano sozinha.

— Mano, eu não posso soltar uma bomba num estádio lotado para resolver um caso. Malucos são internados, depois expulsos da Polícia Federal. Imagine as manchetes da imprensa: "POLICIAL FEDERAL EXPLODE ESTÁDIO".

— E se a bomba só fizer barulho.

— Esse é o problema. Não há nada mais perigoso do que a massa humana enlouquecida. Sua bomba não pode fazer fumaça, barulho nem explodir. Uma multidão em pânico é uma bomba atômica. Destrói tudo o que vê pela frente. É uma loucura.

O garoto riu baixinho de puro nervosismo. Sem a bomba real não poderia entrar para a turma.

— Li, como você entraria com uma bomba no estádio?

— Nunca pensei nisso. A Polícia Militar revista todo mundo.

O menino deixou-se cair na cama. Como entrar com a bomba não explosiva e enganar Marcos Dellarosa?

— E se você entrasse com a bomba e a Polícia Militar a encontrasse?

— Não passaria no teste, seria reprovado.

— Não vejo como será possível passar no teste sem provocar uma catástrofe no estádio.

— Li, tive uma ideia, ou melhor, uma superideia.

— Fale logo que não estou para gozações.

— O que Marcos Dellarosa quer é testar o novo membro do grupo, não é?

— Claro, irmão.

— Posso passar no teste se me tornar herói para ele e a turma. Eles precisam acreditar que tentei e não consegui.

— Desenrole logo.

— Fabrico duas bombas de arraso, boto na mochila e sou pego pelos homens da lei escalando as paredes do estádio. Apareço nos jornais, no rádio e na televisão. O menor A.L.N. foi flagrado...

— E marcamos o enterro da mamãe pra quando?

— Oh, Lígia, se manca, a ideia é muito boa. A mamãe você

acalma. Depois ninguém, a não ser Marcos e seus amigos, precisa saber que o menor A.L.N. sou eu. Com a lei você se entende. Só precisamos de uma notícia de jornal.

— É uma ideia, mano, deixe-me pensar. Quer dizer, nada precisa acontecer fora dos jornais e das telas da televisão. O ideal seria recolher você à Febem, trancá-lo em uma cela forte e jogar a chave fora.

O debate continuou com Anderson e Lígia mantendo suas posições. Finalmente Lígia concordou: "É uma decisão, maninho, que não posso tomar sozinha. Vou falar com a equipe e principalmente com Munhoz. Ele tem boas relações com a imprensa. O plano todo precisa de alguns ajustes. Plantar uma notícia na imprensa não é fácil. Só o Munhoz é capaz disso".

Três dias mais tarde a *Notícia* publicava:

"Ontem, às 14:00 horas, a ROTA comandada pelo tenente Vinícius avistou dois elementos suspeitos junto ao muro do estádio do Pacaembu.

Abordados pelos policiais, os menores B.R.A e A.L.N portavam equipamento de alpinismo e duas bombas de fabricação caseira.

Os menores declararam aos policiais que pretendiam escalar o muro do estádio por aventura, pois praticam alpinismo.

Os policiais deduziram que as bombas seriam 'plantadas' no estádio para serem usadas amanhã no clássico entre Corinthians e Palmeiras.

Os menores B.R.A e A.L.N foram recolhidos à Febem.

Este é mais um episódio da violência que envolveu o nosso futebol atualmente".

Num programa policial da televisão o locutor, com voz dramática, anunciou a manchete:

"Polícia Militar evita tragédia no Pacaembu. Dois moleques malucos tentaram plantar bombas no estádio. Quase esses sem-vergonhas provocam uma tragédia... e agora estão na Febem ouvindo conselhos de psicólogos. Eles precisavam mesmo é de umas palmadas".

Confortavelmente instalado na sala da casa dele o menor A.L.N. teve um ataque de riso que durou mais de dez minutos. Sem nada entender, dona Cida chamava o filho de maluco. Ele ria mais ainda. “Mas qual é a graça, seu maluco? Se um desses menores fosse meu filho, levaria uma boa surra.” Anderson ria, ria. Era muito engraçada a cara de dona Cida.

Marcos não lia jornais, aliás, detestava ler e também quem lia. Foi Bessaca que apareceu na oficina com um jornal na mão. Dellarosa lia movendo os lábios e muito devagar. Quando finalmente entendeu o texto, comentou: “Pô, o Fresquinho, pô, macho pra *. Esse é dos nossos. Pena que pegaro ele, pô”.

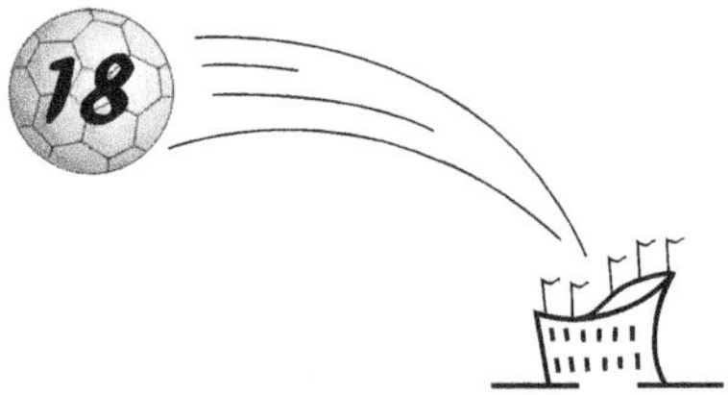

Bruno Mendes acordou faminto, lá pelas dez da manhã. O goleiro Gilmar, companheiro de quarto, já descera. Passou pelo luxuoso banheiro do hotel, trocou o pijama pelo agasalho do time e desceu para o café.

Em dia de jogos a nutricionista Tatiana recomendava alimentos ricos em energia, os carboidratos, e Bruno, como bom mineiro, adorava pão de queijo e bolo de fubá. Fez um bom prato e sentou-se à mesma mesa que o zagueiro Homero e o atacante Cláudio, no espaço reservado aos jogadores concentrados.

Os três, ainda sonolentos, ficaram jogando conversa fora e combinaram que depois iriam a um bar muito frequentado pelas garotas da televisão. Cláudio brincou com Bruno: “Mas você não está apaixonado pela sua segurança?”. O zagueiro, como bom mineiro, não respondeu.

Bruno Silva também acordou tarde. Dormira no alojamento da Carlos Magno Transportes, por cuja equipe jogara no dia anterior. Chamou Harley: "Acorda, vagabundo", e foi ao banheiro. Na volta encontrou o amigo dormindo e jogou-lhe um pouco d'água no rosto.

Harley enxugou o rosto no lençol e reclamou: "Pô, negão, deixa eu dormir". "Levanta, vagabundo, e vamo comê pastel."

Bruno e Harley adoravam pastéis. Domingo havia uma feira ali perto e os dois meninos não se contentavam com um ou dois, para a alegria de seu Morimoto.

Depois de uma vida toda de miséria, os dois meninos dispunham agora de dinheiro para pequenas despesas e esse fato os encantava.

Comeram três pastéis cada um e beberam caldo de cana.

Era uma bela manhã e foram caminhando pela feira ouvindo os pregões dos vendedores: "Aqui é mais barato, olha que tomate lindo, freguesa. Quem compra o camarão não perde o maridão". Harley comprou uvas para comer na transportadora.

Iam ao Pacaembu e queriam assistir ao jogo preliminar no qual jogariam vários amigos: Lidu, Feijão, Dois Ovos, Didi, Fabião, Felipe, que se preparavam para disputar a taça São Paulo.

A transportadora ficava próximo da estação Tatuapé do metrô. As ruas estavam tranquilas, homens lavavam automóveis, crianças brincavam, um grupo de adolescentes sentados no chão brincou com os dois chamando-os de Negão e Neguinho. Sem preconceito, era verdade: Bruno crescera, media agora 1,87m e pesava 75 quilos de músculos. Harley era magro, media 1,66m. Os dois usavam o cabelo muito curto e nesse dia vestiam-se iguais: calça de brim e camiseta da Carlos Magno.

— Quando eu for profissional, vou morar aqui, Harley, num desses prédios — sonhou Bruno.

Estavam firmes no juvenil. Bruno jogando de zagueiro central e Harley no meio-campo. Seu Reinaldo, o treinador, acreditava no futebol deles. Seu Carlos já dizia: "Serei o empresário de vocês".

No metrô encontraram outros torcedores. Bagunça e provocações.

Os torcedores cantavam refrões cheios de palavrões. Adolescentes com as pernas bem separadas impediam outras pessoas de sentarem no banco. Alguns dançavam esbarrando nas outras pessoas. Um ou outro tinha os olhos vermelhos. Por medo, muita gente desceu na estação seguinte para viajar em outro trem.

Bruno e Harley encontraram a turma da Cohab. Fazia zoeira como todas as outras. Cumprimentaram-se com tapas na mão.

Um senhor gordo e careca tentava disfarçar o medo e o espanto que sentia. Quando Harley, por brincadeira, arrotou bem alto, o homem resolveu descer na primeira estação.

O trem do metrô vinha de Itaquera e terminava o trajeto na Barra Funda, onde desceram corintianos e palmeirenses e os demais passageiros.

Assustada por experiências anteriores, a direção do metrô reforçara a segurança. Nervosos, os homens de preto viam correr aquele rio de gente: eram principalmente adolescentes pobres, moradores da periferia. Os seguranças sabiam quanta raiva e energia havia neles e sentiam medo, tomavam cuidados especiais.

Do terminal até o Pacaembu, a maioria dos torcedores ia a pé, desprezando a oferta de alguns perueiros.

Bruno e Harley seguiram com a turma da Cohab Tiradentes. Mais de vinte rapazes fazendo bagunça, porém andando depressa para chegar logo e pegar um bom lugar.

No largo Padre Péricles um grupo de palmeirenses também zoava. Quem começou? Quem disse o primeiro palavrão? Não importa, logo o largo se encheu de som e fúria.

Frente a frente os dois grupos trocaram ofensas numa fase de aquecimento e depois partiram pra porrada.

Alguém atirou lata de cerveja na turma da Cohab. Harley avançou e deu uma rasteira, e a pancadaria correu solta. A turma da Cohab era boa de rasteira, mas os outros também brigavam bem e alguns tinham soco-inglês, pedaços de ferro. Por ser forte, Bruno distribuía socos e pontapés à vontade, batia e saía. Deu uma cabeçada num cara de verde e ele caiu.

De repente um grito: “Bruno, me ajuda”.

Harley caíra e um magrão o chutava. Bruno correu até lá e deu uma cabeçada no nariz do cara. Sangue pra todo lado. Um branquelo ameaçou por cima. Bruno sentiu como se a perna queimasse e então viu a calça molhada de sangue. O branquelo grandão e careca se afastava de frente.

Logo a calça de Bruno estava cheia de sangue e o menino gritou: "Me furaro, porra". Sentiu o mundo girar e sentou-se. Uma poça de sangue crescia na calçada. A briga acabou e a turma da Cohab cercou Bruno, que, sentado, olhava a perna de onde corria firme o sangue. Um motorista de táxi falou em hospital. Bruno estremeceu e levou a mão ao peito. "Bruno tá morrendo, gente", gritou desesperado Harley. "Meu Deus, mataram nosso zagueiro!"

A turma rodeou o amigo deitado na calçada. Havia nos olhos do menino um espanto que se espalhou por todos. Bruno Silva estava morto.

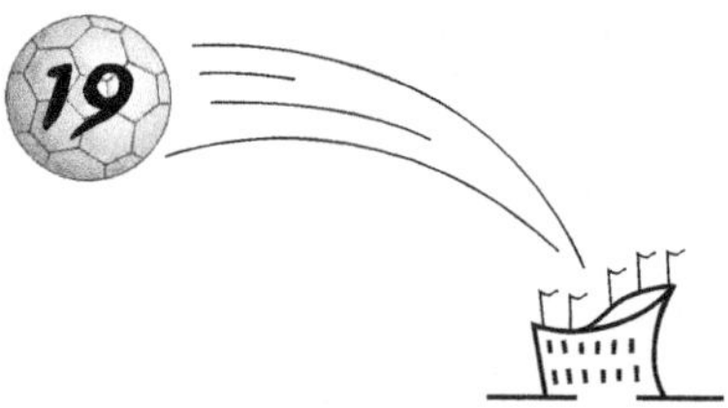

Anderson desceu na estação Barra Funda. Não se sentia bem com aquela turma. Fazia bagunça pesada, provocava os outros e até mexia com os casais de namorados. Marcos olhava direto nos olhos da moça e a chamava de gostosa, entre outros "elogios"... Ninguém reagia. Marcos era parada dura e a turma também. Parecia um bando de alucinados.

O irmão de Lígia achava aquele comportamento ridículo e covarde. Ofender pessoas desconhecidas era uma bobeira só.

Sentiu vergonha de pertencer àquele grupo de panacas. Mas, como em um filme, pensou: "Muito bem, sou um profissional e estou fazendo meu trabalho".

Quando chegaram ao largo Padre Péricles, Dellarosa resolveu que tomariam uma cerveja na padaria da esquina. Certamente não era a primeira do dia. Tomaram duas rodadas.

Na saída, um grupo de corintianos fazia bagunça. Anderson percebeu a briga se formando. Os dois grupos ficaram frente a frente, berrando ofensas. O menino viu que os músculos se fechavam, a adrenalina se acumulava no sangue de cada um. Sentiu medo, não gostava de brigas.

Um garoto da ponta do grupo correu até eles e derrubou Bessaca.

Foi o começo da briga. Anderson tratou de mexer-se e um negrinho baixinho deu-lhe uma pernada que o jogou por terra. Magrão partiu para cima do negrinho e Anderson, já de pé, por trás, acertou um murro na cabeça dele, que se desequilibrou. Magrão, então, jogou o adversário no chão para massacrá-lo. O negrinho gritou e apareceu um grandão que acertou Magrão na cabeça e nas costas. Então, Dellarosa veio correndo e gritando: "Vamos embora" e Anderson o seguiu feliz, os outros da turma também, sem olhar para trás.

Logo se misturaram a outros grupos que também seguiam para o estádio. As pancadas ainda doíam na cabeça de Anderson. O que Dellarosa fizera no grandão? Ele correra sem olhar para trás. Ninguém do grupo se dirigia a ele; falavam do jogo como se a briga não tivesse acontecido e a cabeça dele não doesse tanto. Agradeceu a Magrão a força e ele e o outro responderam: "Pô, tu afinou". Sentiu vontade de ir para casa, mas sabia que não podia. Estava muito triste, com o estômago embrulhado.

Quando o jogo começou, ninguém prestou atenção nele. Tudo dava certo para o Palmeiras. A zaga corintiana falhava muito. Bruno Mendes, o amigo da Lígia, parecia doente. Os gols do Palmeiras se sucediam e o falso palmeirense Anderson gritava como um doido.

No intervalo tomaram cerveja escondidos. Ainda bem que o gol do Corinthians foi de falta. Preparado, Anderson não gritou. Vaiou junto com o grupo.

Na saída ouviram o comentário de que um torcedor morrera esfaqueado no largo Padre Péricles. Dellarosa comentou: "O peixe morre pela boca, os frescos primeiro".

Voltaram para a Mooca de ônibus, fazendo bagunça, mexendo com os outros, procurando briga.

Anderson passou mal e, com a cabeça pra fora, vomitou. Ninguém se preocupou com ele. O grupo o abandonara.

Quando desceram do ônibus, Anderson foi a um bar tomar um refrigerante. Os outros se despediram com os tapas de sempre. Dellarosa fez um gesto levando o dedo à boca.

Sozinho, Anderson telefonou para casa e pediu que a irmã viesse buscá-lo. Só então percebeu que estava sujo de sangue. Apalpou o ouvido, que estava cheio de sangue coagulado, a camiseta também.

Ao vê-lo, Lígia se assustou:

— O que aconteceu? Mano, você está branco e sangrou!

— Li, você nem sabe o que aconteceu. Mataram um cara.

— Foi a turma?

— Marcos Dellarosa.

— Eu vi uma reportagem pela televisão a respeito da briga que houve antes do jogo. Lembra daquele garoto que jogava no Corinthians? Dellarosa matou Bruno Silva.

— Mas ele acertou o menino na perna, eu vi!

— Dellarosa acertou bem na artéria femural de Bruno. O garoto morreu em poucos instantes.

— Que azar! Dos dois, Li.

— É maninho, uma tragédia, uma estupidez sem tamanho. Matar uma pessoa por causa de um jogo de futebol. — Os olhos de Lígia se encheram de lágrimas

Chegaram ao Tatuapé.

— Mano, vamos passar no *shopping* para você se lavar e trocar de camiseta, se não matamos dona Cida de susto.

Assim foi feito e Anderson e Lígia entraram novamente em casa, onde dona Cida os esperava com o forno aceso para assar as *pizzas*.

— Dona Cida, pode ir assando, só vou telefonar do meu quarto.

A jovem policial desceu mais tranquila, mas comeu pouco, de ouvido atento ao telefone.

O irmão, ainda preocupado e indisposto, quase não comeu, embora adorasse *pizza*.

— Meu filho, não fique assim por causa do futebol. O Corinthians perdeu hoje, mas ganhará amanhã. Coma mais um pedacinho, vai. Esse menino saiu ao pai, que ficava sem as unhas por causa do time.

O menino não tinha vontade de nada. Parecia que perdera o sangue, as forças. Os olhos pesados exigiam chorar. O estômago embrulhado ameaçava vomitar.

— Olha, mãe, não tô legal, vou deitar.

— Então vai, filho. Mas não tem graça você ficar assim só porque o Corinthians perdeu. Igualzinho ao pai. Que coisa mais boba ficar doente porque o time perdeu!

— Deixa, mãe, ele não está bem.

Lígia pensava que a essa altura Juça e outro agente já esperavam Marcos Dellarosa para prendê-lo. Pediu a Deus que Juça não fizesse nenhuma bobagem com Dellarosa. O colega sentia ódio do palmeirense e grande simpatia pela vítima: se Marcos resistisse...

— Filha, o que você tem?

— Nada, mãe. Estou bem.

— Meu Deus, está todo mundo estranho nesta casa, hoje, só por causa de um jogo de futebol.

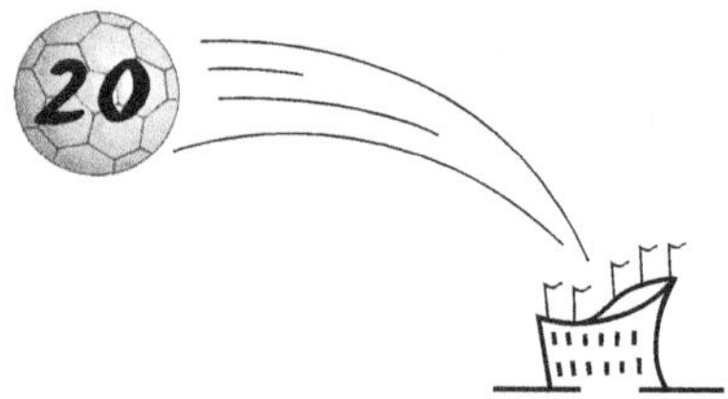

Trechos de um programa levado ao ar no domingo do crime, na TV Bola, às 22 horas.

Apresentador Fábio Covolo:

— Temos de lamentar mais uma morte ligada ao futebol. Bruno Silva, de apenas quinze anos, foi esfaqueado na perna direita. A artéria femural foi cortada e o rapaz sangrou até a morte. Foi uma questão de segundos. O assassino, até agora não identificado, fugiu. O conflito entre torcedores ocorreu no largo Padre Péricles a caminho do Estádio Municipal do Pacaembu. Bruno Silva era juvenil do Corinthians.

Comentarista Adriano Martins:

— É muito triste ter mais uma vez que falar neste assunto: a morte de um jovem torcedor. Essa morte mostra claramente a grave crise social que o país atravessa. Com certeza o assassino é um desempregado, desesperado e faminto. Enquanto não se resolver essa grave crise, lamentavelmente casos como o de Bruno Silva continuarão acontecendo.

Adriana Faria, apresentadora de televisão:

— É difícil falar sobre um caso assim, entende, mas a conjunção dos astros colocou nosso planeta em um período muito violento. É a liderança de Marte no nosso astral, entende? De repente é por aí, entende?

Repórter Aldo Matos:

— A culpa desse crime é das leis deste país. Se o assassino for menor, não irá para a cadeia. Se for maior, fica preso um ano ou dois. É uma vergonha.

Jornalista Giordana Cotrim:

— Gostaria de lembrar aos meus colegas de mesa que não se conhecem detalhes do fato. Estive no largo Padre Péricles e levantei a informação de que um dos grupos estivera bebendo num bar antes de o fato acontecer. O outro grupo, composto por rapazes da Cohab, também não costumava levar desaforo pra casa. Os dois grupos apresentam um histórico de violência. Foi um tumulto e, quando a polícia chegou, o rapaz... Bruno já estava morto.

— Giordana, você tem alguma informação sobre o assassino? — perguntou Fábio Covolo.

— Sim, Fábio, a polícia já tem a descrição dele. É um rapaz de aproximadamente vinte anos, careca, alto, muito forte. Vestia uma camisa do Palmeiras.

Antônio Canetti, psicólogo e professor:

— O crime é sempre lamentável e revela uma grande dificuldade das pessoas de lidarem com as diferenças. Qual é a grande diferença entre a vítima e o assassino? Apenas a cor da camisa. Repito: apenas a cor da camisa. Os dois têm muito em comum: são jovens, gostam de futebol e podiam ser amigos. A pergunta que fica é: por que alguém que veste outra camisa é meu inimigo?

O comentarista Adriano Martins ouviu inquieto as palavras do professor Canetti e acrescentou:

— O senhor não acha que faltam saúde e educação ao nosso povo?

— Meu caro Adriano, saúde e educação são realmente indispensáveis. Nesse caso saúde mental. O assassino deu uma resposta imensa a um pequeno estímulo.

Apresentador Fábio Covolo:

— Mas, tudo bem, a vida continua. Vamos voltar ao futebol. Palmeiras e Corinthians: 4x1. Vamos ouvir a opinião da mesa. Aldo?

— Na verdade não foi o Palmeiras que venceu, mas o Corinthians que perdeu. A zaga corintiana estava uma gracinha, principalmente o Bruno Mendes.

— Técnica, solta a fita.

No vídeo a bola vem alta sobre a área corintiana, Bruno Mendes fica olhando enquanto Tomás sobe sozinho e cabeceia com estilo. Gol.

— E o companheiro Adriano?

— Observe, caro espectador, que Bruno Mendes não salta, deixa a bola passar, logo ele, que tem ótima impulsão.

— E você, Adriana?

— Bruno não estava num bom dia.

— Está aqui conosco o técnico Edson Tigre. Boa noite. É um prazer tê-lo conosco. Qual é sua opinião sobre o lance?

Edson Tigre:

— Primeiramente, Fábio, o meu boa-noite aos nossos espectadores. Quanto ao lance, acho que o sol atrapalhou o zagueiro, a luz diante dos olhos o cegou. Já o atacante estava de costas para o sol e cabeceou de olhos abertos. Aliás esse menino, o Tomás, foi lançado por mim no Internacional de Porto Alegre, é um grande atacante.

Apresentador Fábio Covolo:

— Este foi o técnico Edson Tigre, sempre elegante. E agora o comentarista Adriano Martins.

— Foi uma falha grotesca do zagueiro corintiano. A bola passou a centímetros da cabeça dele e ele não subiu. Por favor, vamos repetir o lance. Vejam, a bola passa a centímetros de Bruno, que não se mexe.

Aldo:

— Realmente foi uma falha gritante do zagueiro do Corinthians.

Apresentador Fábio Covolo:

— Atenção, técnica, solte o segundo gol do Palmeiras.

O meia Alexandre domina a bola no campo de defesa, dribla Cláudio e lança pelo alto para o ataque.

Bruno Mendes, de frente para a bola, deixa-a tocar o terreno, a bola salta e passa pelo zagueiro. Tomás domina, entra na área, engana o goleiro com uma ginga de corpo e gol! Tomás corre para a torcida, que está delirando de alegria.

— Agora, com a palavra o técnico Edson Tigre.

Edson Tigre:

— Foi uma infelicidade do zagueiro corintiano.

Apresentador:

— O repórter que anda em cima da bola, Aldo Matos.

Aldo Matos:

— Acho que meu amigo Bruno estava pensando na proposta do Barcelona. Contava os dólares e esqueceu da bola. É uma coisa primária; se o zagueiro deixar a bola quicar, babou!

Adriano Martins:

— Aliás, Bruno Mendes vem falhando já há um bom tempo.

Edson Tigre:

— Mas é um grande zagueiro.

Adriano Martins:

— Vamos ao terceiro gol do Palmeiras. Atenção, técnica, solte a fita.

A bola vem alta. André salta e domina no peito com estilo, levanta a cabeça e lança para Alexandre, meia palmeirense, que rola a pelota para Tomás, que parte como uma flecha, entra na área, engana o goleiro e faz o gol. Ao passar por Bruno, o palmeirense diz qualquer coisa e o zagueiro corintiano dá-lhe um murro, sendo imediatamente expulso pelo árbitro.

Ladeado por dois policiais, Bruno deixa o campo chorando.

Adriana Faria:

— Acho tão lindo homem chorar de emoção. Bruno, tô contigo, entendeu?

Comentarista Adriano Martins:

— A produção me avisou que o zagueiro Bruno Mendes já chegou à nossa emissora. Técnica, solte o quarto gol do Palmeiras e em seguida o gol de honra do Corinthians.

Alex cobra um escanteio. A bola passa por Homero e Tomás marca de cabeça.

Luizinho driblou na entrada e foi derrubado por Pereira. Cláudio cobrou no ângulo. O goleiro Catani nem se moveu.

Bruno Mendes aparece na tela com a fisionomia muito triste. Senta-se. Está elegante, veste um terno azul e gravata vermelha.

Comentarista Adriano Martins:

— Queria em nome do nosso programa agradecer a presença de Bruno Mendes aqui, nesta noite. Isso mostra que ele é um homem de caráter. Não é fácil comparecer aqui, num dia como o de hoje.

Bruno Mendes:

— Obrigado, Adriano, meu boa-noite aos telespectadores, em especial aos corintianos. Quero me desculpar pela atuação de hoje. Não estava no meu dia, me senti mal antes do jogo, não devia ter entrado.

Repórter Aldo Matos:

— O que você sentiu, Bruno?

Bruno Mendes:

— Aldo, senti uma grande tristeza. Me veio uma sensação de que meu pai tinha morrido em Belo Horizonte e eu não podia telefonar, já estávamos na concentração final. Fiquei com aquilo na cabeça, que meu pai tinha morrido vítima de um assalto.

Adriana Faria:

— Mas está tudo bem com seu pai? Foi somente um pensamento mau?

Bruno Mendes:

— Está tudo bem, telefonei depois do jogo e levei a maior bronca do velho por ter sido expulso. Puxa, o Tomás é meu amigo.

Aldo Matos:

— E sobre a morte do torcedor...?

Bruno Mendes:

— Uma tragédia! Eu conhecia o menino, meu xará. Bruno Silva jogava no juvenil do Corinthians, inclusive dei a ele uma chuteira. Menino muito bom de bola, tinha um belo futuro, mataram nosso zagueiro. Que tragédia!

A câmera fechou sobre o rosto do jogador, por onde corriam duas grossas lágrimas.

Adriano Martins:

— E com esse momento de emoção encerramos o nosso programa. Boa noite.

As luzes diminuíram no estúdio. Adriana foi até Bruno, o abraçou e o beijou. Saíram juntos. O zagueiro logo ficaria mais alegre, entendeu?

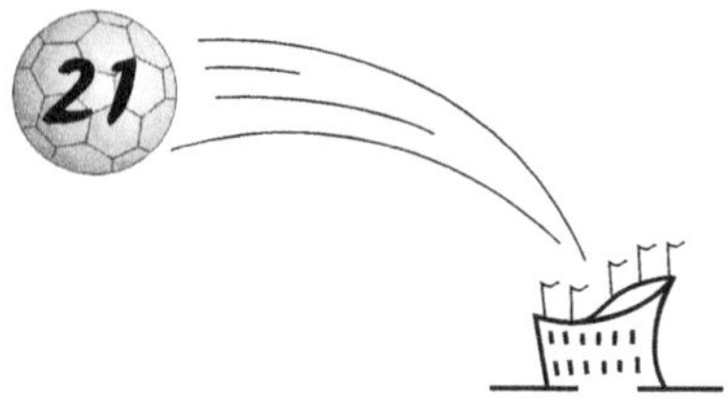

A mãe de Marcos Dellarosa falava sempre: "Meu filho, cuidado ao entrar em casa. Olhe bem, seja rápido, os ladrões estão soltos". Como a tantas outras palavras de dona Rosa, Marcos não dava importância. Parava a moto, urinava na calçada, procurava a chave e abria a porta de ferro fazendo barulho. Sem pressa, acendia a luz e só então guardava a moto.

Nesse domingo, quando desligou o motor, Marcos viu descerem de um carro alguns homens. "É assalto", pensou.

— Polícia! Mãos na cabeça.

Era um negrão com uma pistola na mão e um olhar cheio de ódio. Marcos ficou paralisado e sem perceber urinou nas calças.

Os homens o empurraram contra o portão de ferro e o revistaram.

— Mas que machão, mijou nas calças. É moça de família. Vai alegrar o xadrez.

— Você está sendo preso pelo assassinato do menor Bruno Silva. Pela lei brasileira pode ser feita a prisão em flagrante até vinte quatro horas após o delito.

— A moto, preciso guardar.

— A gente guarda, dá as chaves. Mãos na cabeça. — E Juça deu-lhe um golpe forte e seco no pé do ouvido.

Quando abriram a porta de ferro, apareceu uma senhora assustada, vestindo um velho roupão:

— Meu Deus, meu filho.

— Estão me prendendo, mãe. É a polícia. Eu não fiz nada, mãe.

— O que ele fez, meu Deus do céu?

— Ele sabe — respondeu Juscelino, atrapalhado.

— Eu não fiz nada.

— Tá legal, vamos indo.

— Tchau, mãe, eu volto logo.

— Pra onde vocês vão levar meu filho?

Com pena da mulher, Juscelino forneceu o endereço da delegacia, exibiu a carteira funcional, enfim procurou acalmar a senhora, que afinal não tinha feito nada.

A mãe começou a chorar baixinho, como se estivesse envergonhada. Juscelino algemou Marcos com as mãos para trás das costas e o colocou no "chiqueirinho" da viatura. Juscelino foi até a mãe de Marcos.

— Minha senhora, é melhor fechar a porta.

Dominada pela dor, a mãe não respondeu, então Juça delicadamente a colocou para dentro e abaixou a porta de ferro:

— Passe a chave, minha senhora.

As duas viaturas partiram pelas ruas vazias e silenciosas. Subiram até a avenida Paes de Barros, fizeram uma conversão proibida e desceram rumo à Radial Leste. Com exceção de Marcos, todos iam muito contentes. A polícia marcaria um belo gol. Antes de vinte e quatro horas de um crime explorado pela imprensa, eles tinham o criminoso no xadrez. Juça pensava nos telejornais da hora do almoço.

Já Marcos imaginava outra coisa: "Fora aquele veadinho que o entregara. Veadinho, covarde e filho da *". Marcos bateu com a cabeça no metal da viatura até sangrar.

— Ô palhaço, para com isso, se não você vai apanhar de verdade. A gente leva você aí para umas quebradas e você vai ver só. Você matou um preto, corintiano e meu amigo, e eu adoraria te arrebentar, palhaço.

Marcos leu no olhar do negrão um ódio tremendo e sentiu medo, estava amarrado e não podia fazer nada. Sentiu-se dominado pelos outros. Horrível isso. Agora percebia que o negrão não lhe era estranho.

As duas viaturas não respeitavam os sinais de trânsito e logo chegaram à delegacia, no centro velho de São Paulo.

O carro parou, a portinhola se abriu e uma luz forte cegou Marcos. Quis esconder o rosto, mas as algemas não deixaram.

— Você matou o torcedor do Corinthians?

— Não enche meu saco, porra.

— Você — disse Juça, enquanto o levava para dentro — devia respeitar mais a imprensa, ela é muito poderosa.

Cheio de ódio, Marcos calou-se. "Estão tirando uma com minha cara."

O outro tira, também fortão, com cara de árabe emendou:

— Agora, você vai tocar piano.

Tiraram-lhe as algemas e encheram-lhe as mãos de tinta. Assim ficaram registradas as digitais de todos os dedos.

— Agora uma fotografia para a revista *Bicha Louca*.

Fotografaram o rapaz de frente e de perfil.

— Pronto, agora você vai bater um papo com o doutor delegado e depois vai para o xadrez. Se você não se incomoda, o ar-condicionado está quebrado.

O tira ria das próprias piadas, enquanto Marcos se irritava cada vez mais.

Levaram-no à sala do delegado, onde ficou em pé, enquanto ouvia as perguntas. O delegado mudava um pouco a linguagem e uma morena bonita de cabelo curto escrevia num computador.

— Nome?

— Marcos Antônio Dellarosa, com dois eles.

— Nome do pai?

— Benito Dellarosa.

— Nome da mãe?

— Rosa Dellarosa.

— Residência?

— Rua Jumana, 27, Mooca.

— Profissão?

— Mecânico de motocicleta. Tenho uma oficina.

— Grau de escolaridade?

— Fiz até a sexta série.

— Onde o senhor estava no domingo à tarde, precisamente às 14:55?

A cabeça de Marcos trabalhou rápido. Não adiantaria negar, os caras da padaria o reconheceriam.

— No largo Padre Péricles, eu ia ver o jogo no Pacaembu.

(O acusado declarou...)

— O senhor e seus amigos se envolveram numa briga com a torcida do Corinthians?

— Não, senhor.

— Então o senhor não atacou o menor Bruno Silva com um estilete?

— Eu? Eu? De jeito nenhum.

— Então o senhor se declara inocente?

— Sim, senhor. E o negão me bateu, doutor delegado.

— Então você resistiu à prisão — disse o delegado. — Mais um crime em seu prontuário. Muito bem, a morte de Bruno Silva repercutiu fortemente no xadrez. Vou mantê-lo separado dos outros presos para sua segurança. Você ficará no corró*.

O investigador gozador o levou para um quartinho muito pequeno e ao fechar a porta comentou:

— O doutor Emílio é um santo. Eu botava você no xadrez, ias levar o maior pau.

Marcos não viu nem cama nem cadeira, só um velho balde a um canto, que usou para urinar.

Sentado no chão sob a luz amarela do teto, Marcos Dellarosa sentiu pena dele mesmo: "Porra, o que estão fazendo comigo?!". Depois procurou entender a expressão "repercutiu fortemente no xadrez". Não sabia o que era repercutir.

Depois pensou no fresquinho: "Foi ele que me entregou, cagueta do *. Quando sair daqui, vou dar uma surra nele. Como ele entrou na turma? Quem o trouxe?". Então Marcos lembrou-se do dia em que o garoto foi preso por causa da bomba. Tinha coisa ali. "Porra, o fresquinho era dos homê."

Marcos sentiu que alguém o observava. Viu então que por um buraco na parede um grande rato preto o olhava. Bateu no chão e o animal sumiu. "*, onde vim parar!"

---

* Corró: cela para proteger presos das agressões dos outros detentos.

22

— Ó vagabundo, café.

Na portinhola do corró apareceu uma caneca e um saco com um pãozinho.

Quando o rapaz começou a comer, uma imensa ratazana saiu de um buraco no rodapé e o atacou guinchando.

Assustado, Marcos deixou cair o pão, que a ratazana abocanhou e sem medo nenhum carregou para o buraco, onde desapareceu.

Com nojo, Marcos nem conseguiu tomar o café com leite aguado. Olhou para o buraco e viu que a ratazana o observava tranquila, enquanto roía o pão. Então Marcos teve vontade de chorar, pensou que era mesmo de sangue ruim, lembrou-se das palavras da mãe: "Meu filho, qualquer hora você vai se dar mal".

Em seguida a ratazana saiu do buraco e, tranquila, bebeu o café com leite que Marcos pousara no chão.

— Que cara de pau — disse Marcos baixinho.

Terminada a refeição, o animal voltou para o buraco, arrastando a longa cauda pelo chão.

Um ruído de chave alertou Marcos, vinham buscá-lo.

— Então, garotão, dormiu bem? Hoje o doutor Emílio te deixou no cinco estrelas, mas essa moleza vai acabar logo. Mãozinhas nas costas, isso.

Assim, algemado e com fome, Marcos entrou numa sala cheia de gente.

Atrás da mesa, o delegado parecia um rei: descansado, barba feita, camisa azul, gravata vermelha, recostado na cadeira. Só de vê-lo, Marcos sentiu-se humilhado.

Empurrado pelo tira para a frente da escrivaninha, Marcos percebeu que havia gente às suas costas, além de uma moça morena de cabelo curto, atrás de um computador.

— Marcos Dellarosa — começou o delegado —, você é acusado de vários delitos, a saber: vandalismo contra um veículo de propriedade de Bruno Roberto Mendes, agressão a um morador de rua, atentado com uso de explosivos contra Bruno Roberto Mendes, além de ameaças anônimas contra o mesmo cidadão. Ah, ia esquecendo, o assassinato do menor Bruno Silva. Marcos, seu *curriculum* é uma beleza!

As palavras do delegado bateram nele com a força de uma bomba. A cana sabia de tudo, alguém o caguetou. "Que filho da *!"

— Marcos, você não fala nada?

— Sou inocente, não fiz nada, quero um advogado e outra coisa: tem um rato na minha sala.

— Você não gostou das acomodações? É uma pena, transmitirei ao governador suas reclamações. Aquele é o nosso melhor quarto. Sua mãe está aí e lhe trouxe um lanche. Tenho pena das mães. Aliás, veio junto com a mãe de Marcelo Antônio. Ele também está hospedado aqui.

"Tinham prendido também o Magrão, aquela besta contaria tudo."

— Quero ver meu advogado.

As pessoas nas costas dele se movimentaram: uma morena e o negrão que o acertara, que falou:

— Você se acha o bom, né? O esperto. Sabe o que vamos fazer agora? Vamos revirar aquela porcaria de oficina até encontrar peças roubadas, drogas, qualquer coisa que aumente sua pena em quatro ou cinco anos, e sabe por quê? Porque você não gosta de gente morena.

Só então Marcos percebeu que cruzara com aquele cara várias vezes sem se ligar.

Sempre calmo, o doutor Emílio retomou a palavra:

— Seu amigo Marcelo Antônio gosta de falar. Já disse que você assassinou o garoto corintiano. Quando saí de lá, ele contava a história da bomba. Um tagarela. Com amigos assim... Temos também outras testemunhas. Alto, forte e careca, você é um tipo marcante. O pessoal da padaria e até o padre da igreja, que saiu à janela quando ouviu gritos.

Marcos, de cabeça baixa, ouvia o delegado e sentia forte ódio, detestava que se divertissem à custa dele. Por que o cara tirava um barato assim dele?

— Quero meu advogado. A lei me dá esse direito.

— Você vê, Lígia, temos aqui um conhecedor da lei, um defensor dos direitos humanos.

— Doutor Emílio, esse rapaz mudou muito. Garanto que ele não era assim, quando urinou em cima de um infeliz.

— As pessoas mudam, Lígia.

Só então o olhar de Marcos voltou-se para a moça morena. Achou-a parecida com alguém. Era alta, bonita, cabelo bem preto, liso, os olhos grandes e castanhos. Lígia enfrentou o olhar do prisioneiro com um sorriso irônico, que lembrou ao moço sua situação.

— Quero um advogado.

— Muito bem, vamos deixar que você fale com sua mãe. Não chore, Marcos, que aqui pega mal.

Marcos sentiu vontade de apertar o pescoço do delegado, mas disse em tom humilde:

— Obrigado, doutor.

Boa observadora, Lígia percebia a intenção do delegado.

O doutor Emílio estava "quebrando" o preso, deixando-o bem nervoso. Assim seria mais fácil "trabalhá-lo".

Mal a porta se abriu, a mãe de Marcos, dona Rosa, começou a chorar e foi correndo abraçar o rapaz.

— Bateram em você, filhão?

— Não, mãe, não bateram em mim. Para de chorar e escuta.

Dona Rosa fez um esforço para segurar a emoção.

— Preciso rapidinho de um advogado.

— Certo, filho, me falaram de um tal Roberto Guerra.

— Serve, mas rápido. E outra coisa. Não deixe ninguém entrar na oficina. Qualquer coisa chame o advogado. Sabe aquela moto que eu estava montando? Suma com ela, mãe.

— Certo, filhão, olha, eu te trouxe um lanche e um suco.

Marcos abriu o pacote e encheu a boca, enquanto a mãe, emocionada, o observava: "Ah, filhão!".

Quando acabou de comer, Marcos insistiu:

— Viu, mãe, some com aquela moto, chama o Fu pra ajudar. E dá uma geral na oficina, entendeu?

A mãe balançou a cabeça, ameaçou uma pergunta, mas o olhar de Marcos a calou.

Logo veio um investigador e levou o rapaz.

A senhora Dellarosa ficou ainda um instante na sala.

Sempre desconfiara que o filho acabaria assim. Sozinha, fizera tudo por ele. Faltara o pai...

Uma moça morena apareceu para levá-la até a rua.

— Moça, um dia a senhora será mãe.

— Está nos meus planos — disse Lígia, sorridente.

— Não deixe que judiem do meu filho.

— Nós não judiamos de ninguém — respondeu Lígia, comovida. — Fique tranquila. — E, emocionada, despediu-se da mãe do assassino com um beijo.

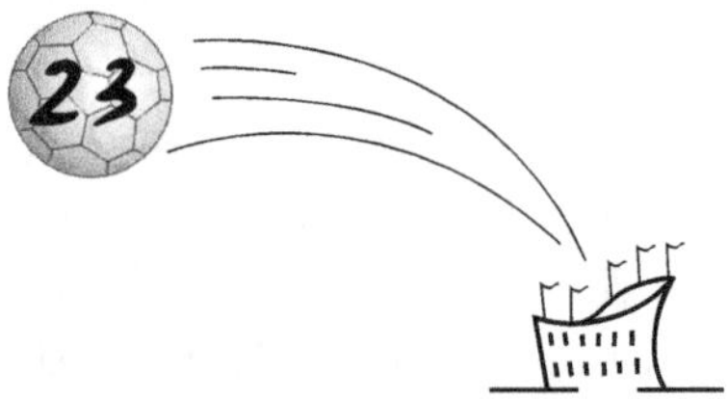

— Meus caros amigos — disse o presidente —, a nação corintiana está de luto pela morte do nosso torcedor e atleta Bruno Silva. Era um menino bom e um atleta de muito futuro, segundo me informou o treinador dele. Faço um apelo: vamos acabar com essa violência, pelo amor de Deus. E aos meus amigos da imprensa que tanta influência têm junto à opinião pública peço: vamos fazer uma campanha contra a violência nos estádios.

O presidente fez uma pausa e bebeu um gole d'água.

— No caso de Bruno Silva, o Corinthians assumirá os gastos do funeral e daremos auxílio financeiro à família. Também prestaremos assistência jurídica. É o mínimo que podemos fazer para minorar a dor dessa família.

— Presidente — perguntou o jornalista Francisco Brandão —, o senhor sabe quem começou a briga?

— Não, não sei, eu estava no estádio, nas tribunas, e soube do caso no intervalo do jogo.

— E os jogadores, como se portaram quando souberam do fato, senhor presidente?

— Ficaram muito tristes e alguns até choraram. Bruno já treinara com os profissionais e muitos se lembravam dele.

— Senhor presidente, existe alguma ligação entre a morte de Bruno Silva e os atentados e ameaças feitos aos jogadores?

— Desconheço, mas é possível. Peço de novo, vamos combater a violência. Agradeço a todos e bom dia.

Enquanto o presidente dava a entrevista coletiva, Bruno Mendes e Lígia desciam a rua Padre Adelino em direção ao velório do cemitério do Brás, onde estava sendo velado o corpo de Bruno Silva.

O zagueiro sentia-se deprimido, embora mal conhecesse o menino morto. Sofria como se tivesse perdido um velho amigo. Imaginava quantos sonhos carregava o xará: ser titular, comprar uma casa para a mãe, andar de carrão, jogar na Europa, escapar de uma vida miserável, namorar mulheres lindas. Tinham muito em comum, além do nome.

No semáforo da Salim Farah Maluf com a Padre Adelino muitas crianças pobres pediam um troco e lavavam os para-brisas dos carros. Bruno deu várias moedas e Lígia, um pacote de bolachas.

— Pobres crianças! Que futuro as espera?

A presença de Bruno Mendes no velório chamou a atenção de todos. O zagueiro abraçou chorando a mãe do menino, que lançou um soluço sofrido. Lígia sentiu que estava com os olhos cheios de lágrimas. Bruno Silva era uma jovem promessa da vida e morrera tão estupidamente. Lá estava ele estendido no caixão brilhante, coberto de flores e também pela bandeira alvinegra.

Lígia se aproximou do morto. Com os olhos fechados, Bruno parecia dormir serenamente. "Meu Deus", pensou Lígia, "que coisa mais estúpida, cruel, sem sentido. Mataram esse menino por causa do futebol". Os olhos de Lígia se encheram de lágrimas, e ela murmurou: "Que coisa estúpida! Quanta burrice!".

O zagueiro apertou a mão dos outros familiares e saiu da sala. Lígia deu os pêsames à mãe de Bruno e lhe disse:

— Já prendemos o assassino do seu filho.

— Como?

— Já prendemos o assassino do seu filho.

A mãe recomeçou a soluçar e Lígia se afastou. No corredor, Bruno Mendes estava rodeado de rapazes da Cohab Tiradentes. Falavam sobre futebol. Depois de algum tempo, o jogador se desculpou e veio ter com Lígia.

— É curioso, Lígia, mas a morte desse menino me acertou em cheio. Parece que perdi um irmão.

— Quando você soube?

— Depois do jogo, não foi por isso que joguei mal... Curioso, bem na hora que ele morreu passei mal. Quase pedi pra não jogar, pensei que meu pai tinha morrido.

— Como assim?

— Não sei dizer, senti um desespero, uma falta de energia. Pedi para o doutor medir a pressão, mas estava tudo normal, achei que era frescura e entrei e enterrei o time. As pernas não me obedeciam. Foi um desastre.

— Tudo isso é muito estranho, Bruno. E agora?

— Não jogo o próximo e pronto, depois volto em forma. A gente aproveita e vai até Belo Horizonte.

— Estou de plantão.

— Que pena! Vamos tirar a mãe do garoto um pouco daqui.

A senhora não queria, mas acabou cedendo ao pedido do jogador famoso e saiu da sala, amparada por Lígia e Bruno. Foram até o bar tomar café e no balcão o jogador preencheu um cheque e o deu à mãe do menino.

— É pra ajudar nas despesas.

— Obrigada.

Mais tarde muitos comentaram a generosidade do jogador, a beleza de Lígia e o relacionamento dos dois. Por um breve momento a sorte de Bruno Silva foi esquecida.

Muitas pessoas compareceram ao velório no cemitério do Brás, localizado ao pé de uma colina.

Os amigos de Bruno, da Cohab, estavam lá. Era morador antigo. Estudara lá e jogara em todas as equipes do bairro. As pessoas comentavam antigas jogadas de Bruno. Lembravam jogos e brigas com emoção na voz.

Estavam presentes também os jogadores do Corinthians, formando um grupo de belos relógios e correntes de ouro, observados pelos amigos de Bruno, no juvenil.

Alguns dirigentes do clube e o jovem deputado federal Érico Alves também compareceram.

Amparada pela patroa dona Sirlene e pela irmã Izaura, a mãe de Bruno desmaiou e foi atendida pelo médico do clube.

Carregando o caixão, o imenso Bruno Mendes chorava como um menino; Lígia também.

Com esforço, pois o caixão estava pesado, os homens o puseram no carro funerário, o cobriram com a bandeira alvinegra e fecharam a porta do carro.

Depois, uma longa fila de carros seguiu o furgão negro da funerária pela avenida Salim Farah Maluf rumo ao cemitério da Vila Formosa, onde Bruno Silva foi enterrado.

Harley foi de carona com Bruno Mendes e Lígia e, ao ver a terra cobrir o caixão do amigo, mais uma vez disse com a voz marcada pelo sofrimento: "Mataram o Bruno, nunca mais vou jogar com ele. Era um grande zagueiro".

24

"A gente sempre pensa em São Paulo cheia de pessoas andando depressa, em multidões, em longos congestionamentos de tráfegos e nem imagina uma rua como essa. Que droga! Como vou campanar numa rua assim? Dois sujeitos dentro de um carro básico, branco, pneus finos, cheiram a polícia, ainda mais se são um negrão como eu e um japonês loiro como Vinícius."

O investigador Vinícius, que acompanhava Juça no serviço, era filho de um alemão com uma nissei e tinha um tipo exótico: alto, louro e gordo com olhos de japonês. Um tipo inesquecível.

Era a terceira ou quarta volta que os dois policiais davam no quarteirão da oficina de Marcos Dellarosa em busca de um ponto de vigilância sem encontrar o lugar adequado. Era uma rua muito sossegada, com algumas árvores e calçadas esburacadas e vazias. Casas velhas e novas, mas nenhum comércio, apenas de vez em quando passava alguém ou um carro. Era impossível vigiar a oficina sem facilmente ser percebido.

— Juça, você me deixa na delegacia? Vou improvisar.

Juça deixou-o na porta da delegacia e voltou à rua da oficina, continuando a dar voltas no quarteirão. Quarenta minutos depois Vinícius reapareceu dirigindo um carro bem velho com uma escada amarrada no bagageiro do teto. O investigador parou bem na esquina. Juça estacionou e foi até lá.

— Vamos consertar os telefones? A doutora Ana Paula me emprestou esta viatura que foi recuperada num desmanche.

Os dois policiais estavam talvez muito elegantes para o serviço, mas de longe o disfarce enganava: dois homens num carro velho, uma escada encostada em um poste.

Juça e Vinícius encenaram esse teatro durante uma hora

até que viram um velho furgão de tala larga parar na porta da oficina de Marcos. O motorista desceu e tocou a campanhia, logo a porta de aço se ergueu e a mãe de Marcos apareceu.

Atentos, os policiais viram o motorista abrir as portas do furgão e entrar na oficina:

— Vamos lá, Vinícius. Ao trabalho.

Ao chegarem, os policiais viram o motorista e a mãe de Marcos empurrando com dificuldade uma motocicleta das grandes.

— Polícia, não se mexam.

— Ai, meu Deus do céu — gritou a mãe de Marcos.

— Calma, eu sou apenas o motorista do transporte.

— Tudo bem, tudo bem, calma. Mãos na cabeça, garotão. Vamos apreender o veículo. A senhora tem os documentos da moto?

— Eu não sei, a moto é do meu filho.

Mesmo faltando o assento e o paralama dianteiro, percebia-se que depois de pronta Marcos teria uma linda máquina. Faltava também o grande motor de dois cilindros, que estava sobre uma bancada.

— Vamos pro distrito — disse Juça.

— Mas por quê? A moto é do meu filho!

Enquanto Juça falava com a senhora, Vinícius observava a oficina com muita atenção. Havia muitas peças usadas amontoadas e alguns motores de 125cc e um motor de 1200cc. O que haveria de roubado ali? Mexeu no monte de peças e um rato fugiu mais para o fundo arrastando o rabo.

— Juça, vamos pedir reforço para a Polícia Militar e levar a moto para o distrito. A perícia trabalhará nela.

A mãe de Marcos chorava silenciosamente. Sentia-se humilhada. O motorista ficara na dele. Vinícius pediu-lhe calma e ela lhe respondeu:

— Calma como, meu senhor! Que vergonha! O que os vizinhos vão pensar? Morei aqui toda minha vida.

Nisso chegou um carro da polícia com as luzes piscando. Os soldados, depois de breve conversa, colocaram a moto no furgão. Um deles assumiu a direção, o motorista embarcou no carro da polícia, a mãe de Marcos, no carro de Juça e Vinícius. Um policial ficou na oficina. Das casas próximas pessoas observavam a cena pelas janelas.

Na delegacia, o computador revelou que Washington Barreto, 21 anos, estava condenado por assalto a mão armada e Rosa Dellarosa não tinha passagem pela polícia. A moto tinha história: o chassi fora vendido pela Polícia Rodoviária como sucata, o motor pertencera a outra moto, roubada na rodovia Castelo Branco há cerca de um ano, os paralamas eram artesanais e as rodas eram de outra moto sem nenhum registro.

As explicações de Washington e dona Rosa eram diferentes. Ele fora chamado por ela para um carreto; ela vendia a moto para ele para pagar o advogado. Para onde iria o veículo? Ele não sabia. "Para a casa dele", afirmava ela, nervosa.

Washington foi para o xadrez, dona Rosa para casa.

O delegado abriu inquérito por recepção contra o ausente Marcos Dellarosa.

Juça, com dó do sofrimento de dona Rosa, quis deixá-la em casa, mas ela falou com voz orgulhosa: "Eu vou de táxi!".

Na delegacia, o doutor Emílio recebeu pelo computador as informações sobre as descobertas na oficina. Buscou no mesmo aparelho informações sobre o roubo da moto.

Assim foram descritos os dois assaltantes da moto: um rapaz alto e muito magro e outro também alto e gordo.

— Sueli, disca pra mim...

— Alô, por favor, o doutor Roberval. É da polícia, o doutor Emílio.

— Doutor, como vai? Encontramos parte da sua moto, o motor. O senhor viria reconhecer um suspeito? Estou aqui até às 7 horas. Obrigado.

Logo depois do almoço o doutor Roberval apareceu na delegacia: um homem imenso, com seus cinquenta anos, com longos cabelos presos formando um rabo de cavalo.

— Como vai, doutor, vim assim que possível. Não esqueci a humilhação que aqueles dois me fizeram passar. Fiquei na estrada horas e horas.

— O senhor os viu bem?

— Não, usavam capacete, mas guardei bem as mãos de um deles, o grandão. Não esqueci nada.

Na sala de reconhecimento, pelo vidro, o doutor Roberval não hesitou:

— É o terceiro, igualzinho no tamanho, na barriga, a mão gorda de dedos grossos e curtos. Só falta o revólver e o capacete.

Não reconheceu Washington.

Na saída, o doutor Roberval ofereceu um pacote ao doutor Emílio, que pelo volume percebeu ser uma garrafa de uísque, rapidamente guardada na gaveta. Depois pediu que lhe trouxessem Marcos.

— Temos boas novidades, seu Marcos. Elucidamos um assalto na rodovia Castelo Branco e encontramos o motor na sua oficina. Mais um inquérito para a sua assinatura. Ah, seu amigo Washington também é nosso hóspede. Diz com quem andas e te direi quem és.

Marcos não sabia o significado de "elucidamos", porém entendeu motor e oficina. Encheu-se de ódio. Não gostava que mexessem nas coisas dele e principalmente que tirassem um barato com ele.

— Não sei de * nenhum.

— Não gosto da sua linguagem, mocinho. Não a use diante de uma autoridade como eu. Pouco importa se você sabe ou não sabe. A vítima o reconheceu, o motor é numerado e foi encontrado em seu poder, com o agravante que você mandou sua mãe escondê-lo. Muito raramente eu digo minha opinião sobre as pessoas, mas estou abrindo uma exceção: Marcos, você é uma besta, um burro, seu cérebro funciona mal. Você é um idiota completo, acabado, perfeito. Sueli, vamos abrir mais um inquérito contra esta besta. Se burrice fosse crime...

Marcos sentiu-se tão abatido que quase concordou com o delegado. Tinham ouvido toda a conversa com a mãe. Havia um microfone na sala. A polícia estava sempre na frente dele. Precisava virar o jogo. Mas como, trancado numa cela junto com ratos bravos e com um monte de caguetas contando tudo?

25

O doutor Roberto Eduardo Guerra garantira a dona Rosa que o *habeas corpus* era uma medida jurídica infalível para libertar Marcos Dellarosa.

O velho advogado não contava, porém, com a indignação da opinião pública. Durante dias, a qualquer pretexto, as emissoras de rádio e televisão falaram sobre a estupidez do assassinato do garoto. Um vídeo amador em que Bruno marcava um gol de cabeça foi vendido por uma fortuna e exibido em horário nobre. Observando a jogada, alguns comentaristas previram um futuro luminoso para o jogador Bruno, inclusive a seleção brasileira.

Nos programas de entrevistas psicólogos, psiquiatras e outros sábios exibiam seu conhecimento e os que tentavam justificar e defender o assassino receberam mensagens raivosas dos telespectadores.

Bruno Silva transformou-se de juvenil desconhecido em grande revelação do futebol brasileiro. Comentaristas esportivos imaginavam um futuro radioso para o rapaz: titular do Corinthians, da seleção, de um grande clube europeu.

Esperto, o deputado Érico Alves pediu e o governador atendeu: Bruno Silva deu nome a uma nova escola. Na Cohab uma passeata pedindo justiça e o fim da violência ganhou os noticiários da televisão.

Na verdade as pessoas estavam cansadas de tanta violência. Desta forma a juíza Beatriz Mattos despachou: "Negado o pedido de *habeas corpus* em virtude da natureza do crime, do comportamento do acusado quando em liberdade, da periculosidade deste para o meio social e da possibilidade de coação das testemunhas".

MEIRAS

Marcos continuou preso e isolado para que os presos corintianos não o matassem. O doutor Emílio, às vésperas de uma promoção, não queria encrenca num caso tão interessante para a mídia. Por isso o rapaz continuou no corró.

Quando pensava no crime, o rapaz punha a culpa no azar. Ele nunca quisera matar o zagueiro Bruno Silva, mas só acertá-lo para que ele não batesse no Magrão. Como ele podia pensar que um cara daquele tamanho morreria com um furinho de nada? Ele não tivera a intenção de matar. O advogado achava isso muito importante. "Pô, o cara não precisava morrer só por causa de um furinho de nada. Que maldito azar! E tinha que ser um negão jogador, com amigos famosos! Que azar! E esses malditos da imprensa precisavam fazer tanto barulho! E os amigos, os amigos, porra? Magrão entregara o ouro rapidinho, cagueta, filho da *. Até a * da polícia trabalhou legal... Nasci mesmo azarado, só acontece comigo."

A ratazana tirou o corpo para fora do buraco. Desta vez Marcos deixara só um naco de pão no chão. O animal carregou o pão para o buraco, de onde vieram guinchos e barulho de briga.

Marcos pensava em como a polícia o pegara tão rápido. "Tudo bem, os cara da padaria guardaram a minha cara, mas como chegaram junto comigo na oficina? E a cabrita, pô, como os cara foram em cima?"

"O Magrão dedou a cabrita. Será que ele também dedou a oficina? Alguém foi preso depois da briga. Eu já tinha manjado aquele negrão da polícia em algum lugar..."

A cabeça de Marcos estava a mil: pensava em Bessaca, em Magrão, em Chu, no Ri, que tinha sumido da turma depois da bomba, e no fresquinho. O fresquinho afinara na hora do pau. De onde aparecera aquele veado? No xilindró do estádio.

Só ele, Marcos, fora ponta firme, não entregara ninguém.

De repente, a porta se abriu e o carcereiro o chamou:

— Ô meu, hoje é dia de visita, sua mãe está aí.

Quinta-feira era dia de festa na cadeia. Logo de manhã os carcereiros forneciam sabão e vassoura e os presos faziam uma faxina rigorosa. Com a cadeia cheirando bem, os presos recebiam visitas de mães, mas também de esposas e filhos, pais e amigos. Os presos tratavam as visitas com o maior respeito. Ai de quem cantasse a mulher ou filha de outro detento. Dentro da cadeia reinava uma lei severa.

Os presos improvisavam um espaço oculto com cobertores e toalhas para que os casais fizessem amor. Direito também gozado por travestis e homossexuais presos.

As visitas carregavam sacolas de plástico com comida, cigarros, remédios; às vezes, uma revista, um jornal. Os carcereiros revistavam tudo, mas sabiam que entravam bebidas e drogas e às vezes também uma arma. Era impossível impedir que as visitas deixassem algum dinheiro com o preso. Mas para quem observasse o encontro dos presos com as visitas com olhos sem preconceito as cenas eram comovedoras: pais conheciam seus bebês, velhas senhoras choravam abraçadas aos filhos. Casais saudosos e apaixonados se abraçavam, outros brigavam, o pai rodeado pelos filhos perguntava da escola, dava conselhos, chamava atenção. Pastores evangélicos tentavam salvar almas. Toda uma amostra da humanidade com suas alegrias e tristezas habitava o pátio de cimento da cadeia, pessoas conversando, se entendendo ou brigando, fazendo negócios. Abraçados, casais esperavam a vez de amar no reservado, enquanto crianças brincavam com os pais.

Policial experiente, o doutor Emílio era generoso com as visitas porque sabia que eram a válvula de escape daquela delegacia velha, suja, cheia de ratos e baratas, onde viviam homens violentos e desesperados. Quando podia, abria o portão às 11 horas e deixava a visita até o final da tarde. Jogava com os presos: "Sou legal com vocês na visita, mas vocês...". Funcionava.

Marcos Dellarosa não recebeu dona Rosa no pátio, mas em uma sala do primeiro andar.

A mãe já entrou chorando com uma sacola cheia de roupa, comida, toalha, sabonete. Ficara na fila ouvindo a conversa dos visitantes e tal situação a arrasara. "Meu filho preso com gente da pior espécie."

Marcos abraçou a mãe meio sem jeito, nunca fora de grandes carinhos com ela, mas começou também a chorar. A mãe chorou mais ainda. Depois de algum tempo abriu a sacola e mostrou:

— Olha o que eu te trouxe.

Era um imenso pão de linguiça.

— E tem mais, estão geladinhas.

A mãe trouxera latas de refrigerantes num saco plástico cheio de gelo.

— Nossa mãe! Há quanto tempo eu não tomo um refrigerante.

O rapaz comeu e bebeu com prazer, cansado que estava do pão e da quentinha da casa.

A mãe lhe deu ainda queijo com goiabada e dois pacotes de cigarro.

— E o advogado, o que diz, mãe?

— Sua situação é difícil... A morte do rapaz revoltou a opinião pública e o roubo da moto também não ajudou. Esse tal de doutor Roberval deu entrevistas falando que você ameaçou matá-lo durante o assalto e que o deixou na Castelo Branco. Disse que você parecia alucinado. Filho, isso é verdade?

Marcos abaixou a cabeça até o peito.

— Ó filho, você precisava fazer essas coisas? Você tem sua oficina, uma boa freguesia, a casa é nossa, não pagamos aluguel. Certo que você não teve pai, mas eu, eu fui pai e mãe.

Cabisbaixo, o rapaz concordou.

— Se você soubesse, filho, a vergonha que estou passando. O jeito que as pessoas me olham. Na nossa família nunca ninguém foi preso. Será que eu fui uma mãe tão má assim?

— Não, mãe, eu é que nasci com sangue ruim.

Houve, então, um silêncio doloroso entre mãe e filho.

— Bom, Marcos, o doutor Roberto me mandou trazer um litro de uísque pro carcereiro pra ele cuidar melhor de você. Trouxe toalha e sabonete para você tomar um banho e trocar de roupa.

— Pô, mãe, tem cada rato na cela!

— Vou dar mais dinheiro a ele. Quem sabe ele te troca de cela. Junto com os outros é pior.

— Eu sei, mãe.

— Vou conversar com o doutor Roberto pra ele falar com o delegado para ajudar você.

— Mãe, a senhora tem ideia de quem me dedou? A cana chegou junto!

— Olha, filho, li todos os jornais e revistas. O problema foi quando você ameaçou o Bruno Mendes com a tal bomba no prédio...

— Foi brincadeira... mãe.

— Muito engraçada por sinal. O Corinthians tomou providências, puseram gente trabalhando nisso, gente competente mesmo, filho. Descobriram você, te observaram. Estavam te seguindo, e até infiltraram um moleque na turma.

— O fresquinho, o filho da * do fresquinho.

— Não entendo, Marcos.

— Foi o fresquinho que me dedou. Ele é chapa do negão.

— Agora, meu filho, que importância tem isso? A turma toda sumiu. Você, Washington e o Magrão estão presos. A mãe do Bessaca chamou você de marginal. O Chu aproveitou que trabalha de vendedor e foi morar no Rio. Esse tal... fresquinho era um magrinho?

— Era esse o filho da *.

— O doutor Roberto conhece essa gente muito bem. O rapaz é irmão de uma agente da Polícia Federal, uma tal de Lígia que ele conhece de outros casos. Ele a viu aqui e comentou comigo que a moça era uma fera, não desiste nunca de um caso e descobre cada coisa! Ele falou assim: "Se essa moça trabalhou no caso do Marcos, a defesa será difícil. Essa moça trabalha com amor".

— Mãe, a senhora a viu?

— Vi, é uma moça alta, bonita, de cabelo curto, morena jambo. Foi gentil comigo. Estava com um negrão que parecia um armário. O que levou a moto. Chamam ele de Juça.

— Foi o que me prendeu... filho da *.

A mãe chorou de novo. Marcos alisou-lhe a mão. Logo o carcereiro avisou do fim da visita:

— Agora, você vai tomar banho.

O chuveiro era frio, mas Marcos adorou. Ficou um tempo sob a água fresca. O esfregar da toalha lhe pareceu um carinho. Encantado, Marcos cheirou-se várias vezes.

O carcereiro ria:

— Amanhã, você vai tomar sol.

Marcos aproveitou o bom humor do homem e pediu para tamparem o buraco do rato.

— Vou ver o que dá para fazer. Quem sabe o Sousa dá um jeito.

Pouco depois de voltar para a cela, o carcereiro apareceu com um preso mulato, de cabelo branco, que pregou uma ripa, tapando o buraco no rodapé. Marcos deu-lhe um maço de cigarros.

— Obrigado, moço. Foi você que furou o jogador?

— É.

— Tome cuidado, seu moço, você está jurado de morte. O xadrez todo tá doido pra te pegar.

Sozinho, outra vez, Marcos começou de novo a pensar: "Que baixaria, pô, puseram o fresquinho na turma, me seguiram, escutaram a conversa com mamãe. Eu não tava nem aí e os caras me cercavam. Que baixaria. Por que não apareciam, não vinham mano a mano? Que barulho é esse?".

Vinha do buraco. Os ratos roíam a tábua que o Sousa colocara.

Marcos chutou a parede e, desesperado, chorou como um menino. "Onde vim parar!"

26

Chovia na zona leste. Bem cheio, o rio Tietê levava sua imensa carga de poluição. As gotas d'água geravam pequenos círculos nas águas escuras.

Seu Reinaldo caminhava sob a chuva leve pensando em quem escalaria para o lugar de Bruno Silva, no juvenil.

Ronaldo estava muito verde... "Puxa vida, podia experimentar. O cara não é habilidoso, mas na zaga..."

Na distribuição das camisas chamou Leonardo, o centroavante reserva:

— Meu filho, hoje você joga com a três.

Surpreso, o menino ficou parado.

— Anda logo, Léo, veste essa camisa.

Leonardo tinha quatorze anos, um metro e noventa e era muito magro. Vestiu a camisa e não falou mais nada, juvenil não discute com treinador...

O treino começou, a bola era perseguida por vinte e dois meninos querendo mostrar talento. No primeiro cruzamento sobre a área Leonardo nem subiu, cabeceou de olhos abertos, passando pro Harley, que, obediente ao treinador, lançou ao ponta Marcelo.

Na beira do campo, seu Reinaldo observava Leonardo mesmo sem bola. O garoto se colocara do lado direito cobrindo o lateral, esperando a bola. Quando ela veio, junto com um ataque, o zagueiro antecipou e jogou para fora.

Seu Reinaldo logo percebeu que Leonardo levava jeito pra beque. Tinha corpo e força. Jogava sério sem querer destacar-se e por enquanto seria titular.

Quem não estava bem era Harley. Errava passes seguidamente e o time reserva dominara o meio campo. Seu Reinaldo não mexeu com ele, devia ainda sofrer pela morte do amigo, afinal eram como irmãos.

No fim do treino, Harley encostou em Leonardo.

— Tudo limpo?

— Tudo limpo.

— É o seguinte, meu. Eu jogo prum time de uma transportadora. Dá duzentos por jogo... Tu num quer?

— Tô nessa, meu.

Duzentinhos. Leonardo trabalhava como iluminador de um fotógrafo, ganhava cinquenta reais por noite. "Duzentinhos pra bater bola", pensava ele, "melhor impossível".

Harley então explicou:

— Tu tem que jogar na defesa. Mataram o nosso zagueiro, o Bruno.

— Pô meu, por duzentos até no gol e ainda dou apoio no ataque.

Combinaram encontrar-se no dia seguinte. Harley falaria com seu Carlos, que era um cara legal e dava a maior força pros meninos.

— Só que nem birita nem bagulho.

— Sou evangélico, cara.

— É o Harley. Como vai?

O menino reconheceu Lígia e o irmão dela.

— Você tem visto a mãe do Bruno?

— Não tenho, não.

Harley, encabulado, não falava, e Lígia e Anderson logo se despediram e se dirigiram à sala dos troféus do Parque São Jorge, onde o doutor Munhoz os esperava.

Era uma sala imensa com grandes vitrinas dentro das quais brilhavam troféus de metal e mármore: Campeão de 1951, Campeão do Centenário 1922 etc. Anderson passeou seu olhar pelas vitórias do passado, enquanto Lígia conversava com o doutor Munhoz, que agradeceu o trabalho dela e também do Juça e deu-lhe um cheque. A moça agradeceu e comentou:

— O senhor sabe que cheguei a pensar que era uma jogada publicitária?

— Você não deixa de ter razão — respondeu o dirigente. — Bruno Mendes ficou mais famoso e isso rende dinheiro. Acho que o empresário dele andou mexendo uns pauzinhos...

— É verdade, doutor?

Despediram-se e Munhoz, ao ver Lígia afastar-se, pensou: "Essa policial podia prender-me que eu não resistiria de jeito nenhum".

— Puxa, mana, você viu quantos troféus? O Corinthians é demais.

Distraída, Lígia pensava nos troféus, aquelas douradas estátuas que davam aos vencedores. Na verdade os troféus valiam apenas o metal e o mármore; no futebol o que valia era a emoção que enfeitava a vida de milhões de pessoas. O gol! A vitória!

E milhões de pessoas ficavam alegres ou tristes, sentiam que alguma coisa importante acontecera na vida delas. A emoção gerada pelo futebol as ajudava a viver; enfeitava tantas existências apagadas.

A mesma paixão gerava violência.

— Maninha, agora que você recebeu...

— Tudo bem, mano, não esqueci sua colaboração. Maninho, por que você acha que Marcos Dellarosa matou Bruno Silva?

— Você me pegou, Li, não sei... cada pergunta, eu sou apenas um adolescente... Porque era negão e corintiano. Sei lá, Li. E você?

— Também não sei, maninho. Tenho pensado tanto no assunto e não chego a lugar nenhum.

— Nenhuma hipótese?

— Quilos, mas só hipóteses. Marcos nasceu com a vocação da violência: muito forte e pouco inteligente. Acostumou-se a resolver suas paradas na porrada. Não bolou nenhum projeto de vida. Não namorava, sei lá...

— Tem muito moleque assim, mana.

— Sei, mas nem todos matam zagueiros.

— Já pensei também que ele matou para proteger um companheiro do grupo. Ele se achava o grande líder, responsável pelos outros, o xerife do pedaço. O que ele disse nos depoimentos?

— São palavras de pouco valor. Marcos afirma que não queria matar ninguém, apenas ferir levemente pra livrar a cara do amigo.

— Pô, mana, ele mesmo afiou o estilete. "É para um corintiano", lembro muito bem.

— Pena que menor não testemunhe.

— Mas os amigos dele também ouviram.

Enquanto a conversa acontecia, Lígia e Anderson deixavam o Parque São Jorge, tomando à direita, cruzando a Celso Garcia, a linha leste do metrô e chegando em casa.

Na sala, dona Cida assistia à novela das seis.

Lígia e o irmão continuaram a conversa. Dona Cida sabia o caso em detalhes, menos a participação do "filhinho". Os irmãos concordavam num ponto: Marcos Dellarosa não contava com a prisão. Julgava que ficaria impune, como ficou do assalto ao motociclista e em outros pequenos delitos que cometera. A impunidade gerou novos delitos.

Dona Cida então entrou na conversa:

— Esse rapaz se esqueceu de Deus.

— A senhora tem toda razão, mas ele terá muito tempo para recordar a existência do Criador. Na penitenciária, as horas passam devagar.

Feliz porque a filha concordara com ela, dona Cida levantou-se para preparar o jantar.

— Nada disso, mãe, hoje é um grande dia, vamos jantar fora.

— Isso, mana, você paga uma *pizza* na Vera Cruz.

— Tudo bem. Só vou tomar um banho.

Sozinha no banheiro, Lígia sentia-se triste e vazia.

Até entendia por que Marcos ameaçara Bruno Mendes: inveja, pura inveja. Para milhões de pessoas o zagueiro era um herói: rico, bonito, forte, poderoso. Ela mesma estava apaixonada por ele. Mas Bruno Silva era apenas um torcedor desconhecido, alguém com quem se cruza na rua uma vez na vida, uma forma de paisagem. Por que matá-lo?

Lígia saiu do chuveiro e esfregou-se vigorosamente com a toalha e depois secou a bela cabeleira negra. Como quando era adolescente, subiu no banquinho e olhou-se nua ao espelho. Estava em boa forma. Resolveu convidar Bruno para ir comer *pizza* com eles, afinal era a comemoração do final do caso. Não conseguiu. Mal saiu do quarto, o jogador ligou para convidá-la para sair.

Dona Cida e Anderson acabaram comendo *pizza* em casa.

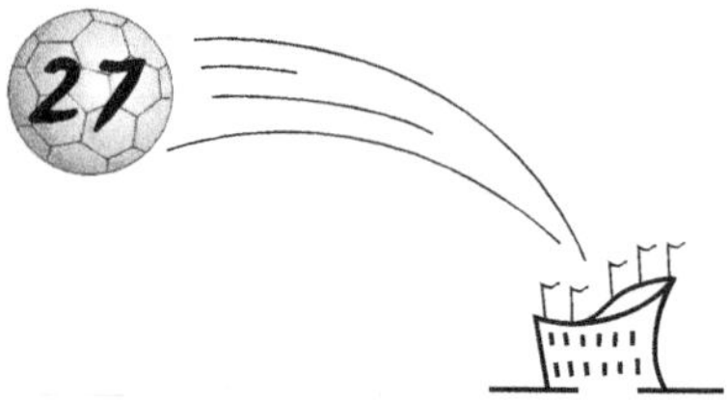

Como nos antigos romances, entardecia e a escuridão subia da terra para o céu. Uma a uma as luzes da cidade se acendiam. Lá longe, na avenida Paulista, brilhavam as luzes da antena da televisão. Na cobertura onde morava Bruno Mendes tocava um samba rasgado, feito por gente do ramo. A fumaça da churrasqueira ainda quente, mas meio apagada, subia.

Sentada num banco entre duas plantas, Lígia observava a cidade sentindo um pouco de moleza.

Bebera cerveja e comera churrasco, sentia-se sonolenta, a mente ficara um instante vazia e depois a moça percebera que o caso chegara ao fim: Bruno Mendes estava deixando o Corinthians e o Brasil. O churrasco era a despedida. Assinara um belo contrato com o Barcelona, na Espanha, onde jogaria nos próximos anos. A história toda não o atrapalhara em nada. Fora o dinheiro que gastara com Juça e com ela e o auxílio que dera à família do menino assassinado, as ameaças e as bombas de Dellarosa não o tinham acertado. Pelo contrário, os contratos publicitários aumentaram, a fama crescera.

Dellarosa marcara um gol contra. Preso, aguardando julgamento num distrito, vivendo entre bandidos que o consideravam um trouxa, comia o pão que o diabo amassou com farinha estragada numa noite de mau humor. Se sobrevivesse à prisão, sairia marcado para sempre.

Lígia sabia que ele consertava motos e viaturas de policiais para ficar separado dos outros presos.

A mãe de Marcos vendera a velha casa da Mooca para custear a defesa do filho e não faltaria uísque ao advogado, doutor Roberto Eduardo. Com muita sorte sairia em dez ou quinze anos.

Uma pergunta voltava sempre à cabeça de Lígia. Por que Dellarosa matara Bruno Silva?

O futebol era apenas um esporte. Ela mesma gostava de bater uma bolinha. Como as pessoas matavam por causa de um jogo de futebol?

Lígia pensara muito sobre o assunto sem chegar a nenhuma conclusão. Nas mesas-redondas dos programas de televisão, muitas foram as explicações para o crime: fora atribuído à situação econômica do país ("o assassino é desempregado", afirmara um jornalista); aos preconceitos ("afinal, um branco matou um preto"); à violência apresentada nos meios de comunicação ("esse menino — Dellarosa — cresceu vendo mortes violentas na telinha"). Podia ser verdade, mas nenhuma explicação satisfazia Lígia. Nada explicava o ódio que ela vira brilhar nos olhos de Marcos Dellarosa. Seria aquele sentimento que gerava a guerra entre os países?

Marcos sentia necessidade de atacar os corintianos. Tentara acertar Bruno Mendes e não conseguira, matara outro Bruno por acaso, mas ele, Dellarosa, saíra de casa louco para acertar um corintiano, para isso levava o estilete, feito por ele mesmo, e a cabeça doida por violência. Queria ferir ou matar.

Nessa estupidez toda, duas mulheres inocentes sofreram demais: a mãe de Marcos e a de Bruno Silva.

Lígia ouviu a voz do irmão cantando um samba. Não é que o danado cantava bem!

O irmãozinho saíra-se bem da história: conhecera os jogadores e já falava em montar um conjunto que seria empresariado pelo jogador Cláudio.

Nisso Bruno Mendes se aproximou trazendo duas latas de cerveja:

— À saúde da mais bonita segurança do Brasil.

— Saúde, obrigada.

— Se não fosse você, Lígia, eu poderia estar morto.

— Também não foi tanto assim.

— Como não, a bomba...

Bruno Mendes sentou-se no banco ao lado de Lígia. Sua mão desapareceu dentro da dele.

— Moça, precisamos ter uma conversa muito séria.

— Ai, meu Deus do céu.

— Dentro de dez dias irei embora do Brasil. Vou para Barcelona.

— Sei.

— Vou jogar no time de lá...

— Sei.

— Eu queria que você fosse comigo.

Aliviado, o homem calou-se. Lígia, surpresa, também.

Só se ouvia o samba. Depois de algum tempo, Lígia reagiu:

— Veja, Bruno, ir para Barcelona com você não é tão simples assim.

— Sei, mas...

— Eu tenho aqui um emprego, quero fazer carreira na Polícia Federal, tem minha mãe e meu irmão e assim de repente...

— Eu caso com você.

— Calma, Bruno, isso não faz muita diferença.

— Como assim?

— De qualquer jeito deixaria meu emprego e dependeria do seu dinheiro.

— Mas eu tenho muito.

— Mas é seu.

— Será nosso.

Pensativa, Lígia tomou um gole de cerveja. Bruno passou um braço pelas costas da moça.

— Prometo criar juízo, Lígia. Já baguncei muito, mas agora vou parar. Serei um bom marido, juro.

— Bruno, você me surpreendeu, preciso pensar um pouco, calma.

— Certo, você tem cinco minutos.

Lígia riu. Seu José, pai de Bruno, cantava um velho samba do Paulinho da Viola: "Foi um rio que passou em minha vida...". Para disfarçar a emoção Lígia pôs-se a cantar também.

Naquela mesma noite, sozinha no quarto, a moça não conseguia pensar em outra coisa: "Larga a mão de ser trouxa, qualquer mulher iria, pô, morar na Espanha com muito dinheiro sem problema nenhum. Vai, sua trouxa. Mas não nasci para ser dondoca, para depender de homem nenhum. Logo ele está me dando ordens, mandando em mim. Mas você gosta dele? Gosto, é um homem maravilhoso. Então, sua trouxa.

Você já se imaginou em Barcelona, nas Ramblas*, perto do mar, tomando um vinho branco ao entardecer com Bruno Mendes?

E depois os horizontes que se abrirão para você em Barcelona. Você poderá estudar, ganhar uma nova visão do mundo. Quantas vezes você se imaginou decolando pro mundo num daqueles aviões? Você gosta de trabalhar no aeroporto? Claro que não. Gosto de investigar, pô. Pois investigue em Barcelona. Ah, é impossível. Por quê, não haverá crimes em Barcelona? E o meu emprego? Peça um afastamento. No fundo, você tem é medo. Medo de amar, de ser feliz, igualzinho dona Cida... Sua fábrica é a Polícia Federal".

Só pela manhã, Lígia chegou a uma conclusão: Bruno Mendes seria o marido ideal para outra mulher, mas ela, Lígia, sonhava um outro projeto de vida. Queria outras experiências na

* Ramblas: Rua central da cidade de Barcelona, com grande concentração de bares e restaurantes.

vida e mais do que tudo desejava a continuação da carreira policial. Concluíra o curso de Direito e esperava o concurso para delegado da Polícia Federal.

Havia ainda outro problema: Bruno Mendes, como tantos outros jogadores, era muito "galinha" para a cabeça dela.

Há pouco a *Revista do Coração* publicara fotos dele com Adriana Faria. Imaginar que de repente o jogador se transformaria em um bom e fiel marido era ingenuidade pura. Na Espanha ele descobriria rapidamente os encantos da mulher espanhola.

Entretanto, Lígia tivera uma ideia e pediria um favor ao jogador. O envolvimento do irmão dela, Anderson, provocara a ira de muitos elementos violentos, amigos de Marcos Dellarosa. Por isso Lígia pediria ao jogador que hospedasse o irmão dela em Barcelona durante alguns meses. Anderson cursaria uma boa escola e voltaria falando espanhol.

Resolvido o problema, Lígia adormeceu suavemente.

Dez dias depois, no Aeroporto de Guarulhos, na ala Internacional, os repórteres esportivos esperavam o jogador Bruno Mendes, que embarcaria no voo noturno para Barcelona.

O jogador apareceu elegantemente vestido: terno azul-claro, camisa branca, gravata vermelha, sapatos de cromo.

A imprensa se aproximou:

— E então, Bruno, embarcando para Barcelona?

— É isso aí, Gregório Jr., espero corresponder à confiança dos dirigentes do Barça.

— Você já assinou contrato?

— Já, meu procurador cuidou de tudo. Minha mãe me acompanha, moraremos em Valdiviedra, um belo bairro.

— Então, felicidades pra você.

— O meu abraço a todos, principalmente à torcida corintiana.

No mesmo avião seguiu viagem Anderson Negrim, que estudaria um ano em Barcelona por conta do jogador.

PARTE II

28

O doutor Roberto Eduardo Guerra sabia das imensas dificuldades que encontraria na defesa da causa de Marcos Dellarosa.

O inquérito policial estava notável. O doutor Emílio fora um dos melhores alunos da Faculdade de Direito do Largo São Francisco e produzira uma bela peça jurídica com as informações fornecidas pelos agentes Juscelino de Oliveira e Lígia Negrim, que souberam encontrar testemunhas e provas contra o acusado.

Marcos Dellarosa era acusado de homicídio em 1º grau, com premeditação, contra Bruno Silva e tentativa de homicídio contra Bruno Mendes, assalto a mão armada contra o doutor Roberval Rolim, receptação e formação de quadrilha.

A essa lista de delitos somava-se a profunda antipatia que a figura de Marcos e o crime produziram na opinião pública.

Nos filmes e fotos Dellarosa passava a agressividade de um cachorro *pit bull*. Uma figura horrível!

Em vão o advogado tentara convencê-lo a deixar o cabelo crescer ou a chorar diante das câmeras ao abraçar a mãe.

Volta e meia, a pretexto de combater a violência, a televisão reprisava a chegada do rapaz ao distrito algemado e nervoso dizendo: “Não enche o meu saco”. Era uma figura ameaçadora.

Por essas razões o advogado solicitara a um famoso psicólogo argentino, o doutor Antônio Canetti, um estudo da personalidade do cliente para alegar insanidade.

A princípio Marcos Dellarosa recusou-se a conversar com o psicólogo: “ * , não sou nenhum louco”. Só depois de algum trabalho concordou em conversar com o doutor Canetti e responder alguns testes.

RELATÓRIO DO PSICÓLOGO DOUTOR ANTÔNIO RAUL CANETTI, doutor em Psicologia pela Universidade Federal de Buenos Aires, República Argentina.

A pedido do doutor Roberto Eduardo Guerra examinamos Marcos Dellarosa, vinte anos, e pudemos observar:

O sujeito é muito primitivo, primal, em termos técnicos, apresenta um id pleno de tensões básicas, medo, ódio, principalmente, que não foram resolvidos na infância.

Dellarosa responde às contrariedades sempre dentro do padrão de violência, ou verbal ou física, inclusive com permanente tensão muscular. Recomendamos um exame hormonal.

O paciente perde muito facilmente o equilíbrio emocional, fornecendo respostas emocionais muito fortes, verdadeiras descargas para estímulos mínimos. Somando-se esse comportamento ao item anterior do padrão violência, chegou ao perigo social.

A ausência da figura paterna prejudicou a construção de uma identidade sadia. Faltou ao menino Marcos uma figura masculina com a qual ele pudesse se identificar, apoiando-o na diminuição das tensões básicas.

Marcos apossou-se da herança do pai, o amor ao Palmeiras, radicalizando essa herança.

Com a ausência do marido, a mãe iniciou um processo de transferência do papel de companheiro para o filho, que se sentia culpado pela ausência do pai. Com isso, inconscientemente, a mãe afastou o menino da infância, que desta forma não resolveu seus conflitos através das brincadeiras infantis. As lembranças infantis de Dellarosa são muito pobres. Por ser gordo, foi mal aceito pelos grupos, tornando-se um menino solitário. A rejeição dos amigos reforçou a ligação com a mãe e a resposta violenta a pequenos estímulos.

Na adolescência agrupou-se com aqueles que ele chama de manos, junto aos quais gozava de indiscutível liderança baseada na agressividade, força física e idade cronológica.

Embora as condições de trabalho não sejam as ideais, o número de sessões insuficiente e as condições físicas da realização precárias, consideramos que Dellarosa nunca vivenciou a experiência do amor físico. Em suas palavras percebe-se a forte figura da mãe e suas referências ao feminino são sempre negativas: "São todas umas *", o que nos leva a considerar essa hipótese. O sujeito contou algumas histórias fantasiosas sobre conquistas amorosas envolvendo mulheres belas e ricas, inclusive uma delas teria oferecido a ele uma moto Harley-Davidson vendida pela mãe para pagar o advogado.

Em nenhum momento, Dellarosa revelou o menor sentimento de remorso. Ele se julga um azarado e vítima de uma conspiração dos corintianos e dos jornalistas que precisam vender jornal.

Refere-se à vítima como "aquele moleque" e lhe atribui culpa — "Ele tinha de estar lá, naquela hora, batendo no Magrão? Por que morreu, *?"

Este sujeito descreve-se como um guerreiro. Ele se vê como fisicamente invencível, aquele que não foge nem abandona amigos em perigo e não dá trégua aos inimigos.

No tocante a questões mais intelectuais, Dellarosa apresenta-se limitado, "Não levo jeito ou não gosto".

Em resumo, trata-se de uma pessoa com sérias dificuldades no plano emocional e limitações intelectuais, mas com plena consciência dos seus atos.

Antônio Canetti.
CRP – 3307

"Mais uma derrota", pensou o advogado. Se Marcos Dellarosa fosse a júri popular, certamente receberia a pena máxima. O promotor exploraria a violência do crime, o comportamento do acusado, seus antecedentes criminais. Até a figura física do acusado o condenaria: um homenzarrão imenso, gordo e careca. Inutilmente o advogado pedira que Marcos emagrecesse um pouco e deixasse o cabelo crescer. "Eu não gosto."

O doutor Guerra guardou o relatório do psicólogo na gaveta. Depois resolveria que estratégia tomar no tribunal.

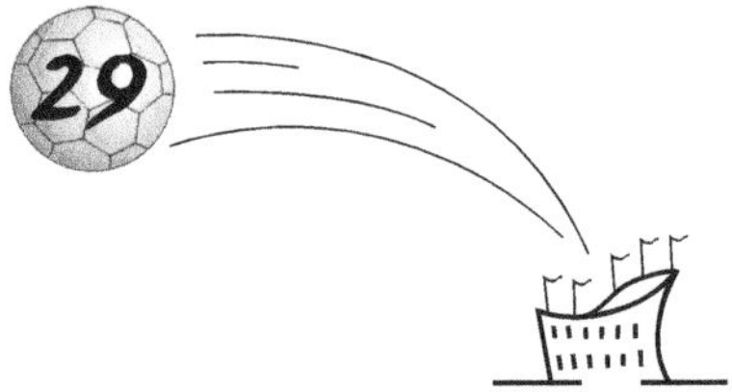

Os agentes penitenciários encarregados de transportar Marcos Dellarosa ao Fórum não hesitaram em algemar o detento com as mãos nas costas e também em acorrentá-lo à barra de ferro da viatura. Não queriam a fuga do preso, nem o resgate. Foram inúteis as reclamações do rapaz.

Escoltado por duas viaturas, o camburão cruzou o tráfego congestionado da cidade até o Fórum nas proximidades da Praça da Sé, onde num pátio interno os agentes penitenciários libertaram Marcos da barra. O rapaz saiu reclamando e entrou nas dependências do Palácio da Justiça, onde seria julgado pelo assassinato do menor Bruno Silva.

No interior do prédio, Marcos trocou de roupa, vestindo um terno levado pelo advogado, e pouco depois viu o doutor Guerra, baixinho, gordinho, com o nariz vermelho de bebum.

— Como vai? Está nervoso? Não se esqueça, cabeça baixa, olhos tristes, não olhe com raiva para o promotor, mesmo quando ele falar mal de você ou da sua mãe. Calma, respire fundo e pense que você está numa estrada correndo de moto, certo?

O velho advogado procurava preparar Marcos para o tribunal. Difícil tarefa.

A aparência do rapaz não ajudava: engordara na prisão, o rosto parecia inchado e deixava os olhos pequenos. O pescoço grosso, a barriga, as mãos grandes e gordas formavam o tipo

brutamontes que qualquer diretor de cinema escolheria para o papel de assassino, um tipo assustador.

O doutor Guerra temia que Marcos lançasse um olhar de ódio. Ardia naquele olhar uma violência assassina.

A sala do tribunal estava repleta. O crime tivera forte impacto na opinião pública e muita gente comparecera ao tribunal: jornalistas, estudantes de Direito, amigos e familiares da vítima. O juiz, doutor Gabriel Basic, permitira que a televisão fizesse algumas tomadas antes do início dos trabalhos.

Depois da abertura da sessão, o processo foi lido pelo oficial de justiça, numa voz monótona. O doutor Guerra precisou cutucar o acusado várias vezes, o rapaz, de cabeça baixa, adormecia.

Lido o processo, o meritíssimo doutor juiz Gabriel Basic chamou a primeira testemunha: a agente da Polícia Federal Lígia Negrim.

O promotor público doutor Rodolfo Janelli Jr. passou a interrogá-la:

— Dona Lígia, a opinião pública surpreendeu-se com a rapidez com que o acusado Marcos Dellarosa foi identificado e detido. A senhora podia explicar as circunstâncias em que o fato se deu?

— Posso sim. A direção do Sport Club Corinthians Paulista solicitou a nossa colaboração: o jogador Bruno Mendes estava sendo ameaçado e passamos a investigar, identificando o autor das ameaças como Marcos Dellarosa.

— Como ocorreu essa identificação?

— O jogador Bruno Mendes recebeu uma carta-bomba colocada em uma caixa de chuteiras. Conseguimos através do número de série de fabricação descobrir que Marcos Dellarosa fora o comprador do calçado. Em seguida infiltramos um informante no seu grupo.

— E quem foi esse informante?

— Doutor, tínhamos uma grande dificuldade. O grupo era muito jovem e não dispúnhamos de um policial para fazer o trabalho. Meu próprio irmão, menor na época, infiltrou-se no grupo.

— Assim, seu irmão estava presente no largo Padre Péricles na hora do crime?

— Exatamente, o grupo se envolveu em um conflito com o pessoal da torcida adversária. Durante esse conflito meu irmão, Anderson Negrim, viu o acusado cometer o delito.

— Protesto — berrou o doutor Guerra —, a testemunha não presenciou os fatos.

— Protesto negado, continue senhor promotor.

— Assim, foi seu irmão quem identificou o acusado?

— Exatamente, depois do jogo, ele me avisou do ocorrido.

— Desta forma, o acusado matou o menor Bruno Silva e foi ao futebol.

— Protesto, é uma conclusão apressada. Meu cliente não sabia da morte de Bruno Silva.

— Protesto aceito.

— Durante os trabalhos investigativos, a senhorita descobriu outros delitos praticados pelo acusado?

— Protesto.

— Estou estabelecendo o perfil do acusado, meritíssimo — respondeu o promotor.

— Sim, descobrimos que Marcos assaltara um motociclista na rodovia Castelo Branco e também urinara sobre um morador de rua. Além disso encontramos peças de moto roubadas na oficina do acusado.

Marcos sentiu uma vontade imensa de estrangular aquela mulher para que ela calasse a boca.

Também teve vontade de dar uma porrada no advogado para que parasse de falar, mas conseguiu manter a calma.

O promotor agradeceu a testemunha, e o advogado de defesa passou a questioná-la.

— Agente Lígia Negrim, entre as atribuições da Polícia Federal está a investigação de ameaças a jogadores do Corinthians?

— Não, senhor.

— Então a senhora estava fazendo um bico, proibido por lei?

— De certo modo não.

— A senhora está enganada.

— Doutor, digo de certo modo, porque eu era a namorada do jogador ameaçado. Assim, foi um caso de amor.

Um riso baixo atravessou a plateia. As palavras de Lígia despertaram grande simpatia. O doutor Guerra percebeu que a testemunha marcara um gol.

— A senhora pode afirmar que o acusado feriu a vítima?

— Não tenho nenhum motivo para mentir. Meu irmão estava próximo de Bruno Silva e além disso ouvira Marcos Dellarosa afirmar que preparara aquele estilete para um corintiano.

— Mas a senhora não viu nem ouviu nada da boca do meu cliente.

— Não.

O cérebro do doutor Guerra girava rápido como uma turbina. Precisava desqualificar a testemunha, quebrar a calma e segurança daquela moça que, apresentando-se como neutra, estava arrebentando a defesa dele.

— Para qual time a senhora torce?

— Para o Barcelona.

— Digo no Brasil, em São Paulo?

— Sou corintiana.

— Quais são seus sentimentos pessoais em relação ao acusado?

Foi a vez de o cérebro de Lígia girar depressa.

Ela percebeu a intenção do velho advogado e resolveu entrar na dele:

— Doutor, não mentirei diante de um tribunal. Não gosto de Marcos Dellarosa porque ele é um perigo para a sociedade que jurei defender. São pessoas como ele que afastam as famílias dos estádios. É agressivo, desequilibrado.

— Obrigado.

DEPOIMENTOS DAS TESTEMUNHAS DE ACUSAÇÃO.

Perguntas do promotor Rodolfo Janelli Jr.:

— Sargento da Polícia Militar José Coutinho, qual foi seu envolvimento com o episódio que está em julgamento?

— Eu estava em serviço com a equipe nas proximidades do estádio do Pacaembu, quando o Copom* acionou o resgate. Imediatamente nos dirigimos ao largo Padre Péricles, onde já encontramos a vítima em óbito.

— Sargento, o senhor examinou a vítima?

— Positivo, era um adolescente negro e apresentava um ferimento na coxa esquerda, quinze centímetros acima do joelho, produzido por objeto cortante perfurante. A vítima jazia em meio a uma grande poça de sangue. Já não apresentava nenhum sinal vital.

— Sargento, a vítima apresentava outros ferimentos?

— Não.

— Na sua avaliação, sargento, qual foi a *causa mortis*?

— Hemorragia, com toda a certeza.

— Obrigado.

Depoimento de Bonamerges Lima, que participou do conflito do largo Padre Péricles que ocasionou a morte do menor Bruno Silva.

Perguntas do promotor:

— Como se formou o grupo de vocês?

— Nóis é tudo mano e resolvemo vê o jogo. Aí a turma se ajuntô no metrô. Dali nóis foi pro campo.

— No trajeto vocês consumiram bebidas alcoólicas?

— Sim, nóis tomamo nas barraquinha.

— Que tipo de bebida?

— Uns tomaro pinga, ôtros cerveja.

---

*Copom: **C**entro de **O**perações da **Po**lícia **M**ilitar.

— Todos beberam, inclusive Bruno Silva?

— Bruno não, ele não bebia, não. O Harley sim, tomava umas.

— O que aconteceu no largo Padre Péricles?

— A briga com os porcão.

— O senhor poderia contar os detalhes da briga?

— Pô, nóis chegô, viu eles, xingô eles e partimo pro pau.

— Durante a briga o senhor observou Bruno Silva?

— Só depois que ele gritô: "me furaro, o careca me furô".

— Senhor Bonamerges Lima, o que ocorreu depois, vocês perseguiram o grupo adversário?

— Não senhor, nóis ficô em volta do Brunão até ele morrê. Depois chegô o resgate e os home.

Perguntas do advogado de defesa, doutor Roberto Eduardo Guerra:

— Senhor Bonamerges Lima, qual é a sua profissão?

— Eu tô de licença porque caí de uma escada. Sou pintor e o pessoal me chama de Pincel.

— Seu Bonamerges, o senhor poderia me afirmar, repito, afirmar quem começou a briga?

— Num sei, não, senhor, foi atrapalhado mesmo.

— O senhor pode me afirmar, repito, afirmar sua posição em relação a Bruno Silva?

— Não me lembro.

— O senhor não se lembra?

— É.

— O senhor pode me afirmar, repito, afirmar sua posição em relação ao acusado aqui presente, Marcos Dellarosa?

— Não.

— Senhor Bonamerges Lima, o senhor viu, repito, viu o acusado atacar Bruno Silva com um objeto cortante ou perfurante?

— Num vi, não, senhor.

Depoimento da testemunha Marcelo Antônio Lussato.

Perguntas do promotor:

— Há quanto tempo o senhor conhece o acusado Marcos Dellarosa?

— Desde pequeno, a gente ia junto na escola.

— É um amigo de infância então?

— Isso mesmo, um amigo de infância.

— Além do acusado Marcos Dellarosa, o senhor tem outros amigos?

— Sim.

— É certo afirmar que o senhor faz parte de um grupo de amigos junto com Marcos Dellarosa?

— Com certeza.

— O senhor aceitaria como verdadeira a frase que Marcos é o líder do grupo?

— Sim.

— O senhor viu o acusado Marcos Dellarosa atacar o menor Bruno Silva com um estilete e feri-lo na coxa esquerda?

— Sim.

— Qual foi a atitude de Marcos depois de ferir o menor Bruno Silva?

— Ele gritou: "Sujô, galera, vamo nóis", e a gente deu no pinote.

— Obrigado, estou satisfeito.

Perguntas do advogado de defesa:

— Senhor Lussato, o senhor é amigo de infância de Marcos Dellarosa. O senhor poderia descrever algumas qualidades dele?

— Bom, ele é um cara legal, ponta firme, não afina.

— Durante uma briga Marcos abandonaria um amigo?

— De jeito nenhum, Marcão é fera.

— Como foi sua participação pessoal na briga do largo Padre Péricles?

— Bom, eu estava na frente da galera encarando o Bruno Silva, na porrada mesmo. Veio um neguinho, me derrubou e os dois me chutaram. Então o Marcos acertou o Bruno Silva e me levantou.

— Então Marcos Dellarosa correu em sua defesa e o salvou?

— Foi, eu ia apanhar muito.

— Senhor Lussato, o que aconteceu depois da briga?

— Marcão me levantou e a galera foi saindo fora, a gente correu, eles não vieram atrás e fomos pro campo.

— O senhor soube quando da morte de Bruno Silva?

— Em casa, depois do jogo, quando liguei o rádio.

Depoimento do balconista José Divino Barbosa, da padaria Flor de Bragança.

— Eu tava no barcão e chegou uma galera de parmerense. O careca falou: "Cerveja pra todo mundo". Eu falei pra ele:

"Ficha na caixa, ó meu". O cara recramô, mais foi lá e eu servi no barcão, tinha uns de menor. Aí eles bebero e se limparo. Depois só ouvi a gritaria.

Perguntas do senhor promotor:

— O senhor ouviu notícias sobre o conflito?

— Sim, os cara comentaro que um rapaz tinha morrido de facada.

— Sobre a autoria do crime, o senhor ouviu alguma informação?

— Me falaro que foi o careca grandão.

Perguntas do senhor advogado de defesa:

— Em algum momento, o senhor deixou a padaria durante a briga das torcidas?

— Não, senhor.

— Insisto, o senhor viu o acusado aqui presente, Marcos Dellarosa, agredir a vítima, o menor Bruno Silva?

— Não, senhor.

Depoimento do doutor Francisco Negrão, médico legista do Instituto Médico Legal de São Paulo.

Perguntas do promotor:

— Caro doutor Negrão, o senhor poderia, evitando sempre que possível a linguagem técnica, descrever o seu trabalho com o corpo da vítima?

— Claro, doutor Janelli. Examinamos o corpo do menor Bruno Silva, encontrando um ferimento na coxa a doze centímetros acima do joelho.

— O senhor tem ideia do tipo de instrumento que produziu o ferimento?

— O exame das bordas do ferimento indicam uma lâmina de dez centímetros de comprimento e três de largura.

— Com as bordas afiadas, doutor?

— Exatamente.

— Por que a ferida resultou fatal?

— A lâmina atravessou o músculo e seccionou, desculpe, cortou a artéria femural, provocando intensa hemorragia.

— Obrigado, doutor.

Perguntas do advogado de defesa:

— Há quanto tempo o senhor exerce a atividade de médico-legista?

— Há quase trinta e um anos. Já poderia estar aposentado.

— Nesse longo período, doutor, quantas autópsias o senhor realizou?

— Incontáveis, meu caro, às vezes, três ou quatro por dia.

— Nesses anos todos, o senhor sofreu alguma punição, um processo administrativo, teve algum laudo contestado?

— Não.

— Parabéns, o senhor é um profissional exemplar, aliás, como o senhor seu pai, o saudoso doutor Teodoro Negrão, de cuja amizade tive o privilégio de privar. Doutor, neste longo período o senhor examinou muitos cadáveres com corte da artéria femural?

— Muitos não. Assim de memória, recordo uma vítima de acidente, um pedreiro que se espetou.

— Alguma vítima de crime?

— Assim de memória, doutor Roberto Eduardo, não.

— Então, o caso de Bruno Silva é raro, raríssimo mesmo.

— Sim.

— O senhor poderia precisar a posição da vítima ao ser atingido?

— Estava de pé e possivelmente com a perna levantada pelo ângulo de entrada do objeto cortante perfurante.

— Compreendi perfeitamente, doutor Negrão, Bruno Silva poderia estar tentando atingir Marcos Dellarosa com o joelho?

— A sua dedução é possível, mas não me cabe referendá-la.

— Obrigado, doutor Francisco Negrão, o senhor, com a luz do seu saber, iluminou o caminho da justiça.

Discurso do promotor público:

Meritíssimo senhor juiz de Direito do 2º Tribunal Criminal, eminente doutor Roberto Eduardo Guerra, nobre advogado de defesa do acusado, senhores jurados, senhores e senhoras, estamos aqui para julgar Marcos Dellarosa por crime de morte porque ele matou de maneira fria e determinada o menor Bruno Silva.

Foi um crime premeditado, embora assassino e vítima não se conhecessem. Marcos Dellarosa premeditou matar um torcedor do Corinthians e para isso preparou a arma do crime e a levou ao estádio.

Matou Bruno Silva como mataria a qualquer um dos senhores ou a seus filhos ou a mim próprio porque também sou um torcedor do Corinthians.

Foi um crime frio e determinado. Marcos Dellarosa não exibiu a lâmina para intimidar o adversário e proteger o amigo, não, senhores jurados, o acusado atacou pelo alto para fintar ao adversário — se me permitem a linguagem futebolística —, sim fez uma finta cruel e cravou fundamente a lâmina de aço, matando Bruno Silva.

Senhores jurados, eu poderia trazer diante deste tribunal a mãe da vítima com suas lágrimas de dor, poderia trazer amigos, treinadores, colegas, o próprio jogador Bruno Mendes, que veio de Barcelona para acompanhar este julgamento; todos diriam que Bruno Silva era um bom menino e uma promessa do nosso futebol.

Bruno era, para usar a expressão do piloto e escritor francês Saint-Exupéry, uma bela promessa de vida.

Era, não é mais. Marcos Dellarosa matou-o com uma estiletada, no largo Padre Péricles, por motivo fútil, diante de testemunhas. Cabe aos senhores julgá-lo por este crime de homicídio.

Discurso do advogado de defesa:

Meritíssimo senhor juiz da 2ª Vara Criminal Professor Doutor Gabriel Basic, de cujo ilustre pai tive a honra de ser aluno nas Arcadas, ilustríssimo senhor Promotor Público doutor Rodolfo Janelli Jr., digno componente desta renovadora geração de juristas brasileiros, senhoras e senhores componentes da banca de jurados, meus caros ouvintes.

O pensador espanhol Ortega y Gasset cunhou uma frase que correu o mundo em todas as línguas: "O homem será sempre o homem e suas circunstâncias".

O meu cliente Marcos Dellarosa é um ser humano, um homem cujas circunstâncias, senhores jurados e juradas, é necessário conhecer antes de julgar, principalmente porque Marcos Dellarosa já compareceu perante este digno tribunal julgado e condenado pela opinião pública, influenciada pela força avassaladora dos meios de comunicação. Até a aparência física de meu cliente o prejudica. Fosse ele um menino bonito, loiro, de olhos azuis, magro, certamente despertaria mais simpatia da opinião pública.

Marcos Dellarosa cresceu sem pai. Benito Dellarosa abandonou o lar, a esposa, o filho quando este tinha então oito meses, senhores jurados, oito meses. Qual a dimensão do dano sofrido por esta criança abandonada nos primeiros meses de vida por esse pai irresponsável?

Essa é a primeira circunstância a considerar no julgamento.

Marcos Dellarosa cresceu aos cuidados da mãe, dona Rosa, aqui presente, e se tornou adolescente e como todo menino entrou para um grupo.

Qual pai aqui presente não viu seu filho entrar para um grupo e agir dentro dos valores desse grupo?

Dentro do grupo dele Marcos assumiu a liderança, o papel do pai protegendo aos elementos mais fracos com sua imensa força física.

Essa é a segunda circunstância que devemos considerar.

Marcos Dellarosa não iniciou o conflito e só participou dele quando viu que seus amigos, a quem tantas vezes protegera, estavam em perigo.

Investiu contra o inimigo mais forte — Bruno Silva era um atleta profissional e um homem de mais de um metro e oitenta —, feriu-o com uma chave de fenda, seu instrumento de trabalho, e retirou seu grupo da batalha agindo como um líder. Marcos pôs fim ao conflito.

Marcos queria matar Bruno?

Claro que não. Quem quer matar não fere na perna uma vez só. Marcos queria apenas livrar o amigo de uma boa surra.

Ocorreu aqui uma fatalidade. Desconhecendo a própria força, Marcos feriu Bruno profundamente, seccionando-lhe a artéria femural.

Esta é outra circunstância a considerar no julgamento. Marcos desconhecia a morte de Bruno Silva até ser informado dela pela própria polícia. No entendimento dele não matara ninguém e por isso foi normalmente ao futebol.

E como a namorada do zagueiro Bruno Mendes infiltrara seu próprio irmão no grupo de Marcos ele foi preso ao chegar em casa, na calada, numa ação com todas as características de um sequestro daqueles praticados nos anos de chumbo da ditadura militar da qual defendi tantas vítimas.

Preso Marcos, a imprensa, ou, melhor dizendo, certa parte da imprensa apresentou-o à opinião pública como um criminoso frio e calculista. Não o é. Marcos Dellarosa é um mecânico da Moóca, arrimo de família e uma pessoa leal aos amigos e na defesa destes envolveu-se em uma trágica fatalidade pela qual está preso em condições desumanas, na solitária de um distrito policial, há quinze meses e dezoito dias.

Julguem-no, senhores jurados, apenas pelo homicídio que ele involuntariamente cometeu e estarão assim praticando a mais nobre das tarefas humanas. Fazendo justiça. Muito obrigado.

Ouvidos os discursos da acusação e da defesa, o meritíssimo juiz doutor Gabriel Basic levantou-se e caminhando pela sala do tribunal fez o seguinte discurso:

Meu caro leitor ou leitora: Você conhece como ninguém este triste evento. Por essa razão ninguém está mais preparado para julgar o acusado, aqui presente, Marcos Dellarosa. Você será o nosso jurado.

Desta forma, eu pergunto:

Foi um homicídio culposo ou doloso?

Marcos Dellarosa matou Bruno Silva sem querer, foi um acidente, ou ele pretendia mesmo matar o jovem zagueiro corintiano?

A pena para homicídio culposo vai de um a três anos e para homicídio doloso simples vai de seis a vinte anos, lembrando ainda que Marcos esperou o julgamento preso e os quinze meses e dezoito dias que passou no distrito serão abatidos da condenação, portanto, dependendo da pena recebida, poderá ser imediatamente liberado após o julgamento.

Então, caro leitor, peço-lhe que se retire para a sala secreta da sua consciência e chegue à decisão mais adequada.

FIM

Sempre gostei de futebol. Joguei mediocremente enquanto o fôlego durou e aprecio uma boa partida com jogadas de qualidade, independente da cor da camisa vestida pelo jogador.

Com apenas dezessete regras, o futebol é uma forma de arte, pois exige disciplina e criatividade constantes. Com poucos elementos: a bola, o adversário, o objetivo do gol, o jogo permite a criação de momentos de infinita beleza: a curva da bola encobrindo a barreira e entrando no gol, apesar do voo do goleiro, a finta que desequilibra o adversário, o domínio da bola com a ponta da chuteira que a torna dócil e permite o chute ou o passe.

Infelizmente, porém, o futebol está quase sempre associado à violência dentro e fora do campo.

No jogo, quanta pancada distribuída principalmente contra o jogador habilidoso, geralmente atingido pelo menos hábil e mais forte.

Fora do campo, a violência cresce a cada dia. Quantas vidas jovens foram cortadas em crimes ligados ao esporte?

Mataram nosso zagueiro coloca em debate a violência associada ao futebol. Infelizmente é um tema presente na mídia a cada jogo, em todas as regiões do país. Faz parte da nossa realidade.

Que o livro provoque um debate, que esclareça o assunto junto aos jovens é o nosso desejo mais sincero.

Cloder Rivas Martos (1942) é escritor e autor de livros didáticos.

Sobre o ilustrador

Marcelo Martins desenha, como muitos, desde criança, mas nunca estudou arte. Estudava Economia na USP quando foi convidado a estagiar numa agência de publicidade. Acabou se formando em Publicidade pela ESPM e trabalhou exclusivamente com propaganda e arte por oito anos. Durante esse período, surgiu a oportunidade de fazer histórias em quadrinhos para o exterior, e com ela muitas outras portas se abriram. Desde então, a arte ocupa um papel definitivo em sua vida, principalmente como forma de expressão e realização.

COLEÇÃO JABUTI

4 Ases & 1 Curinga
Adeus, escola ▼◆▤☒
Adivinhador, O
Amazônia
Anjos do mar
Aprendendo a viver ◆⌘■
Aqui dentro há um longe imenso
Artista na ponte num dia de chuva e neblina, O ✻★⌗
Aventura na França
Awankana ✎☆⌗
Baleias não dizem adeus ✻🕮⌗○
Bilhetinhos ✪
Blog da Marina, O ⌗✎
Boa de garfo e outros contos ◆✎⌘⌗
Bonequeiro de sucata, O
Borboletas na chuva
Botão grená, O ▼✎
Braçoabraço ▼⚐
Caderno de segredos ❑◎✎🕮⌗○
Carrego no peito
Carta do pirata francês, A ✎
Casa de Hans Kunst, A
Cavaleiro das palavras, O ★
Cérbero, o navio do inferno 🕮☑⌗
Charadas para qualquer Sherlock
Chico, Edu e o nono ano
Clube dos Leitores de Histórias Tristes ✎
Com o coração do outro lado do mundo ■
Conquista da vida, A
Contos caipiras
Da costa do ouro ▲⌗○
Da matéria dos sonhos 🕮☑⌗
De Paris, com amor ❑◎★🕮⌘⊠⌗
De sonhar também se vive...
Debaixo da ingazeira da praça
Delicadezas do espanto ✪
Desafio nas missões
Desafios do rebelde, Os
Desprezados F. C.
Deusa da minha rua, A 🕮⌗○
Devezenquandário de Leila Rosa Canguçu
Dúvidas, segredos e descobertas
É tudo mentira
Enigma dos chimpanzés, O
Enquanto meu amor não vem ●✎⌗
Escandaloso teatro das virtudes, O ✈
Espelho maldito ▼✎⌘

Estava nascendo o dia em que conheceriam o mar
Estranho doutor Pimenta, O
Face oculta, A
Fantasmas ⌗
Fantasmas da rua do Canto, Os ✎
Firme como boia ▼⌗○
Florestania ✎
Furo de reportagem ❑✪◎🕮⚐⌗
Futuro feito à mão
Goleiro Leleta, O ▲
Guerra das sabidas contra os atletas vagais, A ✎
Hipergame ✍🕮⌗
História de Lalo, A ⌘
Histórias do mundo que se foi ▲✎✪
Homem que não teimava, O ◎❑✪⚐○
Ilhados
Ingênuo? Nem tanto...
Jeitão da turma, O ✎○
Lelé da Cuca, detetive especial ☑✪
Lia e o sétimo ano ✎■
Liberdade virtual ✎
Lobo, lobão, lobisomem
Luana Carranca
Machado e Juca †▼●☛☑⌗
Mágica para cegos
Mariana e o lobo Mall 🕮⌗
Márika e o oitavo ano ■
Marília, mar e ilha ▤✍✎
Mataram nosso zagueiro
Matéria de delicadeza ✎☛⌗
Melhores dias virão
Memórias mal-assombradas de um fantasma canhoto
Menino e o mar, O ✎
Miguel e o sexto ano ✎
Minha querida filhinha
Miopia e outros contos insólitos
Mistério de Ícaro, O ✪⚐
Mistério mora ao lado, O ▼✪
Mochila, A
Motorista que contava assustadoras histórias de amor, O ▼●▤⌗
Muito além da imaginação
Na mesma sintonia ⌗■
Na trilha do mamute ■✎☛⌗
Não se esqueçam da rosa ♠⌗
Nos passos da dança
Oh, Coração!

Passado nas mãos de Sandra, O ▼◎⌗○
Perseguição
Porta a porta ■▤❑◎✎⌘⌗
Porta do meu coração, A ◆⚐
Primavera pop! ✪🕮⚐
Primeiro amor
Que tal passar um ano num país estrangeiro?
Quero ser belo ☑
Redes solidárias ◎▲❑✎⚐⌗
Reportagem mortal
Riso da morte, O
romeu@julieta.com.br ❑▤⌘⌗
Rua 46 †❑◎⌘⌗
Sabor de vitória ▤⌗○
Saci à solta
Sardenta ☛🕮☑⌗
Savanas
Segredo de Estado ■☛
Sendo o que se é
Sete casos do detetive Xulé ■
Só entre nós – Abelardo e Heloísa ▤■
Só não venha de calça branca
Sofia e outros contos ☺
Sol é testemunha, O
Sorveteria, A
Surpresas da vida
Táli ☺
Tanto faz
Tenemit, a flor de lótus
Tigre na caverna, O
Triângulo de fogo
Última flor de abril, A
Um anarquista no sótão
Um balão caindo perto de nós
Um dia de matar! ●
Um e-mail em vermelho
Um sopro de esperança
Um trem para outro (?) mundo ✖
Uma janela para o crime
Uma trama perfeita
Vampíria
Vera Lúcia, verdade e luz ❑◆◎⌗
Vida no escuro, A
Viva a poesia viva ●❑◎✎🕮⌗○
Viver melhor ❑◎⌗
Vô, cadê você?
Yakima, o menino-onça ♘✍○
Zero a zero

★ Prêmio Altamente Recomendável da FNLIJ
☆ Prêmio Jabuti
✻ Prêmio "João-de-Barro" (MG)
▲ Prêmio Adolfo Aizen - UBE
✍ Premiado na Bienal Nestlé de Literatura Brasileira
☛ Premiado na França e na Espanha
☺ Finalista do Prêmio Jabuti
♘ Recomendado pela FNLIJ
✖ Fundo Municipal de Educação - Petrópolis/RJ
✪ Fundação Luís Eduardo Magalhães
● CONAE-SP
⌗ Salão Capixaba-ES
▼ Secretaria Municipal de Educação (RJ)
■ Departamento de Bibliotecas Infantojuvenis da Secretaria Municipal da Cultura/SP
◆ Programa Uma Biblioteca em cada Município
❑ Programa Cantinho de Leitura (GO)
♠ Secretaria de Educação de MG/EJA - Ensino Fundamental
☛ Acervo Básico da FNLIJ
✈ Selecionado pela FNLIJ para a Feira de Bolonha
✎ Programa Nacional do Livro Didático
🕮 Programa Bibliotecas Escolares (MG)
✍ Programa Nacional de Salas de Leitura
▤ Programa Cantinho de Leitura (MG)
◎ Programa de Bibliotecas das Escolas Estaduais (GO)
† Programa Biblioteca do Ensino Médio (PR)
⌘ Secretaria Municipal de Educação/SP
☒ Programa "Fome de Saber", da Faap (SP)
⚐ Secretaria de Educação e Cultura da Bahia
⊠ Prefeitura de Santana do Parnaíba (SP)
○ Secretaria de Educação e Cultura de Vitória

13. Apesar de violento, Dellarosa demonstra, às vezes, espírito crítico. Para ele, houve "um tempo em que os jogadores tinham amor à camisa, não eram como os mercenários de agora que só pensam em dinheiro". Em sua opinião, a relação com o futebol realmente mudou?

R.:

14. Por que o futebol pode ser considerado "uma indústria"?

R.:

15. Na tentativa de compreender os motivos do crime, a imprensa apresentou várias explicações. Indique-as.

R.:

Linguagem

16. *Habeas corpus* é um termo jurídico. Procure saber seu significado e em que situação ele pode ser empregado.

R.:

17. Ao longo do texto, o narrador usa a linguagem coloquial para expressar suas ideias e dar mais vivacidade à fala dos personagens. Reescreva os fragmentos abaixo, empregando a norma culta.

a) "A cana sabia de tudo, alguém o caguetou."

R.:

b) " — Eu tava no barcão e chegou uma galera de parmerense. O careca falou: 'Cerveja pra todo mundo'. Eu falei pra ele: 'Ficha na caixa, ó meu'. O cara recramou, mais foi lá e eu servi no barcão, tinha uns de menor. Aí eles bebero e se limparo. Depois só ouvi a gritaria."

R.:

18. Nas conversas com o delegado, Marcos Dellarosa costumava se irritar, pois não sabia o significado de algumas palavras usadas pela autoridade. Reescreva as frases, substituindo os termos destacados por outros mais acessíveis.

a) "*Elucidamos* um assalto na rodovia Castelo Branco."

R.:

b) "(...) a morte de Bruno Silva *repercutiu* fortemente no xadrez."

R.:

Pesquisando

19. Bruno Silva morava na Cohab Tiradentes, bairro da periferia de São Paulo. Escolha um bairro da periferia de sua cidade e faça uma pesquisa sobre ele. Procure identificar suas características positivas e negativas.

Coleção Jabuti Aventura

Editora Saraiva

Mataram nosso zagueiro

CLODER RIVAS MARTOS

Apreciando a Leitura

■ Bate-papo inicial

Neste livro, você vai conhecer a história de dois Brunos. O primeiro, jogador profissional, rico, famoso, assediado pelas mulheres; o segundo, zagueiro do juvenil, menino pobre da periferia de São Paulo. Entre eles, uma paixão comum: o futebol.

Por causa desse esporte, Bruno Mendes vê-se ameaçado de morte. Preocupado com a segurança do jogador, o presidente do Sport Club Corinthians Paulista contrata uma dupla de investigadores da Polícia Federal para elucidar o caso.

Durante as investigações, Juça e Lígia descobrem o envolvimento de um grupo de torcedores palmeirenses, liderado por Marcos Dellarosa. A caminho do estádio do Pacaembu, palmeirenses e corintianos envolvem-se em uma briga. No confronto, ocorre um assassinato.

Além da violência dentro e fora dos estádios, outros episódios revelam o intrincado mundo futebolístico: as dificuldades de Bruno Silva para se manter no juvenil, a tragédia de João de Freitas, que foi obrigado a abandonar a carreira, as exigências dos patrocinadores, o fanatismo dos torcedores, entre outros.

Analisando o texto

1. A história que você acabou de ler está dividida em duas partes. O que narra cada uma delas?

R.:

2. "Não vá para o Corinthians. Seu túmulo será lá." Essa frase foi enviada de várias formas ao jogador Bruno Mendes. Quem a enviava? Qual o motivo da ameaça?

R.:

3. A que episódio se refere o título do livro?

R.:

4. Compare a vida de Bruno Mendes com a de Bruno Silva. Aponte as semelhanças e as diferenças.

R.:

5. Quando a vida de Bruno Silva melhorou? Por quê?

R.:

6. Seu Carlos Magno, dono da transportadora, impunha aos garotos uma condição para que eles entrassem no time. Que exigência era essa?

R.:

7. Com que sonhavam Bruno Silva e os demais meninos do juvenil? De modo geral, eles conseguiam realizar esse sonho?

R.:

8. Quando Bruno Mendes sofreu o atentado, o psicólogo Antônio Canetti traçou um perfil aproximado do autor do crime. As características apontadas pelo psicólogo coincidiram com o perfil psicológico de Dellarosa?

R.:

9. De modo geral, os jogadores famosos estão constantemente em evidência na mídia. Por que isso acontece? Exemplifique com uma passagem do texto.

R.:

10. Independentemente do resultado do jogo, a torcida costuma manter o mesmo comportamento em relação aos jogadores?

R.:

11. Nesta história, há muitos exemplos de violência. Escolha um que tenha despertado sua atenção pela agressividade do fato.

R.:

12. Dellarosa costumava encher o mastro da bandeira palmeirense com bebida alcoólica. Truques como esse são comuns nos estádios de futebol? Você conhece outros?

R.: